MW00456932

DU MÊME AUTEUR

Aux Éditions Gallimard

UNE VIE À COUCHER DEHORS, 2009 (Folio n° 5142). Goncourt de la nouvelle et prix de la Nouvelle de l'Académie française 2009.

HAUTE TENSION. DES CHASSEURS ALPINS EN AFGHANISTAN (*avec les photos de Thomas Goisque et les illustrations de Bertrand de Miollis*), 2009.

DANS LES FORÊTS DE SIBÉRIE, 2011 (Folio n° 5586). Prix Médicis essai 2011.

SIBÉRIE MA CHÉRIE (*avec les photos de Thomas Goisque et les illustrations de Bertrand de Miollis*), 2012.

S'ABANDONNER À VIVRE, 2014 (Folio n° 5948).

Chez d'autres éditeurs

ON A ROULÉ SUR LA TERRE (*avec Alexandre Poussin*), Robert Laffont, 1996. (Pocket.)

HIMALAYA (*avec Alexandre Poussin*), Transboréal, 1998.

LA MARCHE DANS LE CIEL (*avec Alexandre Poussin*), Robert Laffont, 1998. (Pocket.)

LA CHEVAUCHÉE DES STEPPES (*avec Priscilla Telmon*), Robert Laffont, 2001. (Pocket.)

NOUVELLES DE L'EST, Phébus, 2002.

CARNETS DE STEPPES (*avec Priscilla Telmon*), Glénat, 2002.

L'AXE DU LOUP, Robert Laffont, 2004. (Pocket.)

SOUS L'ÉTOILE DE LA LIBERTÉ (*avec les photos de Thomas Goisque*), Arthaud, 2005. (J'ai lu.)

PETIT TRAITÉ SUR L'IMMENSITÉ DU MONDE, Éditions des Équateurs, 2005. (Pocket.)

ÉLOGE DE L'ÉNERGIE VAGABONDE, Éditions des Équateurs, 2007. (Pocket.)

L'OR NOIR DES STEPPES (*avec les photos de Thomas Goisque*), Arthaud, 2007. (J'ai lu.)

APHORISMES SOUS LA LUNE ET AUTRES PENSÉES SAUVAGES, Éditions des Équateurs, 2008. (Pocket.)

LAC BAÏKAL, VISIONS DE COUREURS DE TAÏGA (*avec les photos de Thomas Goisque*), Transboréal, 2008.

VÉRIFICATION DE LA PORTE OPPOSÉE, Phébus, 2010. (Libretto.)

Suite des œuvres de Sylvain Tesson en fin de volume

SUR LES CHEMINS NOIRS

SYLVAIN TESSON

SUR LES
CHEMINS NOIRS

GALLIMARD

© Éditions Gallimard, 2016.

à L.

Je vais sortir. Il faut oublier aujourd'hui les vieux chagrins, car l'air est frais et les montagnes sont élevées. Les forêts sont tranquilles comme le cimetière. Cela va m'ôter ma fièvre et je ne serai plus malheureux dorénavant.

THOMAS DE QUINCEY,
Confessions d'un mangeur d'opium

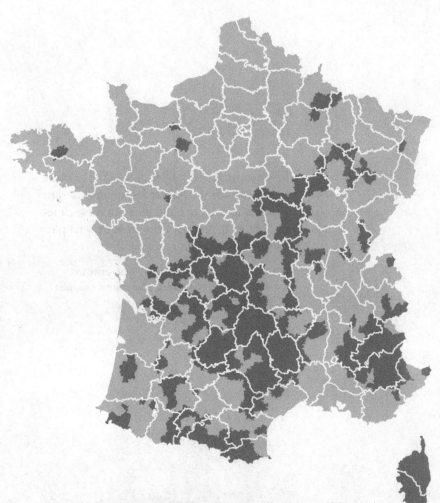

Carte de la France hyper-rurale établie par les auteurs du rapport sur l'hyper-ruralité. L'enclavement, la faible densité de population, le manque d'équipement, de services et de ressources sont les critères retenus pour classer dans l'hyper-ruralité 250 « bassins de vie » (zones foncées de la carte). © Inra UMR CESAER / M. Hilal.

Mon itinéraire à pied.

AVANT-PROPOS

L'année avait été rude. Longtemps, les dieux avaient favorisé la famille, nous avaient baignés de leur douceur. Peut-être se penchent-ils sur certains d'entre nous, comme les fées des contes ? Puis leur sourire se crispe en grimace.

Nous ne savions rien de ces choses mais nous goûtions cette amabilité du sort avec une désinvolture énergique. Elle nous affranchissait de la moindre gratitude mais nous contraignait à une épuisante légèreté. La vie ressemblait à un tableau de Bonnard. Il y avait du soleil sur les vestes blanches, des compotiers sur les nappes, des fenêtres ouvertes sur un verger où passaient des enfants. Dehors, les pommiers bruissaient : le décor idéal pour un bon coup de massue.

Cela n'avait pas tardé. Mes sœurs, mes neveux, tout le monde avait été atteint de l'un de ces maux qui s'infiltrent par les remparts dans les fables médiévales : une ombre rampe dans les ruelles, atteint le cœur de la ville, gagne le donjon. La peste avançait.

Ma mère était morte comme elle avait vécu, faisant faux bond, et moi, pris de boisson, je m'étais cassé la gueule d'un toit où je faisais le pitre. J'étais tombé du rebord de la nuit, m'étais écrasé sur la Terre. Il avait suffi de huit mètres pour me briser les côtes, les vertèbres, le crâne. J'étais tombé sur un tas d'os. Je regretterais longtemps cette chute parce que je disposais jusqu'alors d'une machine physique qui m'autorisait à vivre en surchauffe. Pour moi, une noble existence ressemblait aux écrans de contrôle des camions sibériens : tous les voyants d'alerte sont au rouge mais la machine taille sa route et le moindre Cassandre à gueule d'*Idiot* qui agite les bras en travers de la piste pour annoncer la catastrophe est écrasé menu. La *grande santé* ? Elle menait au désastre, j'avais pris cinquante ans en huit mètres.

On m'avait ramassé. J'étais revenu à la vie. Mort, je n'aurais même pas eu la grâce de voir ma mère au Ciel. Cent milliards d'êtres humains sont nés sur cette Terre depuis que les Homo sapiens sont devenus ce que nous sommes. Croit-on vraiment qu'on retrouve un proche dans la cohue d'une termitière éternelle encombrée d'angelots ?

À l'hôpital, tout m'avait souri. Le système de santé français a ceci de merveilleux qu'il ne vous place jamais devant vos responsabilités. Dans une société antique régie par un principe d'éthique, on ne devrait pas s'occuper d'un soûlographe avec les mêmes égards que ceux dispensés aux vrais nécessiteux. On ne m'avait rien reproché, on m'avait sauvé. La médecine de fine pointe, la sollicitude des infirmières, l'amour de mes proches, la lecture de Villon-le-punk, tout cela m'avait soigné. Il y avait surtout eu la sainteté d'un être venu chaque jour à mon chevet, comme si les hommes de mon espèce méritaient des fidélités de bête. Un arbre par la fenêtre m'avait insufflé sa joie vibrante. Quatre mois plus tard j'étais dehors, bancal, le corps en peine, avec le sang d'un autre dans les veines, le crâne enfoncé, le ventre paralysé, les poumons cicatrisés, la colonne cloutée de vis et le visage difforme. La vie allait moins swinguer.

Il fallait à présent me montrer fidèle au serment de mes nuits de pitié. Corseté dans un lit, je m'étais dit à voix presque haute : « Si je m'en sors, je traverse la France à pied. » Je m'étais vu sur les chemins de pierre ! J'avais rêvé aux bivouacs, je m'étais imaginé fendre les herbes d'un pas de chemineau. Le rêve s'évanouissait toujours quand la porte s'ouvrait : c'était l'heure de la compote.

Un médecin m'avait dit : « L'été prochain, vous pourrez séjourner dans un centre de rééducation. » Je préférais demander aux chemins ce que les tapis roulants étaient censés me rendre : des forces.

L'été prochain était venu, il était temps de régler mes comptes avec la chance. En marchant, en rêvassant, j'allais convoquer le souvenir de ma mère. Son fantôme apparaîtrait si je martelais les routes buissonnières pendant des mois. Pas n'importe quelle route : je voulais m'en aller par les chemins cachés, bordés de haies, par les sous-bois de ronces et les pistes à ornières reliant les villages abandonnés. Il y avait encore une géographie de traverse pour peu qu'on lise les cartes, que l'on accepte le détour et force les passages. Loin des routes, il existait une France ombreuse protégée du vacarme, épargnée par l'*aménagement* qui est la pollution du mystère. Une campagne du silence, du sorbier et de la chouette effraie. Les médecins, dans leur vocabulaire d'agents du Politburo, recommandaient de se « rééduquer ». Se rééduquer ? Cela commençait par ficher le camp.

Des motifs pour battre la campagne, j'aurais pu en aligner des dizaines. Me seriner par exemple que j'avais passé vingt ans à courir le monde entre Oulan-Bator et Valparaiso et qu'il était absurde de connaître Samarcande alors qu'il y avait l'Indre-et-Loire. Mais la vraie raison de cette fuite à travers champs, je la tenais serrée sous la forme d'un papier froissé, au fond de mon sac.

1

MAUVAIS DÉBUT

Dans le train

Pourquoi le TGV menait-il cette allure ? À quoi servait-il de voyager si vite ? L'absurdité de laisser filer à 300 à l'heure le paysage qu'il faudrait ensuite remonter à pied, pendant des mois ! Pendant que la vitesse chassait le paysage, je pensais aux gens que j'aimais, et j'y pensais bien mieux que je ne savais leur exprimer mon affection. En réalité je préférais penser à eux que les côtoyer. Ces proches voulaient toujours que « l'on se voie », comme s'il s'agissait d'un impératif, alors que la pensée offrait une si belle proximité.

Le 24 août, à la frontière italienne

C'était mon premier jour de marche, depuis la gare de Tende où m'avait mené le train de Nice. Je montai à pas faibles vers le col. Des graminées blondes balayaient l'air du soir. Ces révérences étaient une première vision d'amitié, de beauté pure. Après des mois si tristes, même les moucherons au soleil offraient d'heureux présages. Leur nuage dans l'or tiède adressait un signe à la solitude. On aurait cru une écriture. Peut-être nous disaient-ils : « Cessez votre guerre intégrale contre la nature » ?

Des cèdres se tenaient sur le bord du chemin, sérieux : leurs racines enserraient les talus – l'arbre a souvent l'air sûr de son bon droit. Un berger descendait d'une foulée plus hardie que la mienne, il apparut, noueux, dans le virage, avec l'allure d'un héros de Giono. Un homme d'ici. Moi, j'avais toujours eu l'air d'un mec d'ailleurs.

— Salut, tu vas à la ville ? dis-je.

— Non, dit-il.

— Il y a le troupeau, là-haut ? dis-je.

— Non.

— Tu descends te reposer ?

— Non.

J'allais devoir me débarrasser de cette habitude de citadin de vouloir lier conversation.

Le col de Tende marquait un ensellement de la ligne de crête du Mercantour. Il séparait l'Italie de la France. J'avais décidé de commencer là, dans le coin sud-est du pays, et de rejoindre le nord du Cotentin. Les Russes, par tradition, avant de partir en voyage, s'asseyent quelques secondes sur une chaise, une malle, sur la première pierre venue. Ils font le vide en eux, pensent à ceux qu'ils quittent, s'inquiètent de savoir s'ils ont fermé le gaz, caché le cadavre – que sais-je encore ? Je m'assis donc, manière russkoff, le dos contre un oratoire de bois où une Vierge méditait devant le paysage d'Italie. Soudain je me levai et je partis.

Sur les talus, mes yeux abîmés prirent les vaches pour des pierres rondes roulées dessus les pentes. Les crêtes hérissées de pins noirs faisaient penser aux collines que j'avais vues, à vingt ans, créneler les horizons du Yunnan chinois et bleu. Mais je chassai ces pensées dans l'air du couchant. Ce fatras d'analogies m'encombrait.

N'avais-je pas juré de me tenir pendant quelques mois sous le commandement des *Poèmes païens* de Pessoa :

> *De la plante je dis « c'est une plante »,*
> *De moi je dis « c'est moi ».*
> *Et je ne dis rien de plus.*
> *Qu'y a-t-il à dire de plus ?*

Oh, je le soupçonnais, Pessoa *l'intranquille,* de n'avoir jamais été fidèle à son projet. Comment croire qu'il ait réussi à se contenter du monde ? On écrit ce genre de manifestes et on passe sa vie à trahir ses théories. Pendant ces semaines de marche, j'allais tenter de déposer sur les choses le cristal du regard sans la gaze de l'analyse, ni le filtre des souvenirs. Jusqu'ici, j'avais appris à faire de la nature et des êtres une page où noter les impressions. Il m'était urgent à présent d'apprendre à jouir du soleil sans convoquer de Staël, du vent sans réciter Hölderlin et du vin frais sans voir Falstaff clapoter au fond du verre. Bref, à vivre comme un de ces chiens : ils goûtent la paix, langue pendante, donnant l'impression qu'ils vont avaler le ciel, la forêt ou la mer et même le soir qui tombe. Bien entendu, l'entreprise était vouée à l'échec. Un Européen ne se refait pas.

À deux mille mètres d'altitude, j'avisai un replat d'herbe épaisse près d'un bunker de béton. J'allumai un feu. Le bois était humide et je soufflais tellement sur les braises que ma tête enfoncée tournait. La chaleur délogea des araignées grasses, elles ne me faisaient plus peur, j'en avais vu beaucoup s'échapper de mes orbites. La toile de bivouac me protégea à peine des nuages humides crachés par l'obscurité. J'étais intimidé, c'était la première nuit que je passais à l'air libre après ma chute. Le sol m'accueillait à nouveau – moins brutalement cette fois. Je revenais dans mon jardin aimé : une forêt sous les étoiles. L'air était frais, le sol inégal, le terrain en pente : cela s'annonçait bien. Les nuits dehors, pour peu qu'on les chérisse et les espère, lorsqu'elles couronnent les journées de mouvement, sont à accrocher au tableau des conquêtes. Elles délivrent du couvercle, dilatent les rêves. N'entendait-on pas s'élever la clameur dans les villes d'Europe : de l'air ! de l'air ! J'avais rêvé de m'allonger sous les sapins quand je gisais, un an plus tôt, à l'hôpital. Voilà que revenait le temps des bivouacs.

Le 25 août, dans la vallée de la Roya

La nuit avait été étrange. Cela avait commencé vers onze heures du soir. Un premier coup de feu avait retenti à deux ou trois cents mètres, suivi d'un second, puis les détonations n'avaient pas cessé, espacées d'une minute. Parfois l'intervalle se réduisait à trente secondes. Qui tirait dans la nuit ? Un starets cinglé qui en voulait aux ténèbres ?

Je fis les premiers pas en pensant que si je réussissais cette traversée de France, ce serait une rémission. Si je n'y parvenais pas, je prendrais mon échec pour une rechute. Elle était loin, la perspective de guérison ! Aussi loin que le Cotentin ! Je plaçais mon salut dans le mouvement.

Le matin, j'aperçus une bergerie dans un creux. Une femme lisse, rose, avec de grosses joues de Flamande et des biceps nus s'affairait sur le seuil. Elle sortait d'un Bruegel et rentrait de la traite.

— J'ai entendu des coups de feu cette nuit, dis-je.

— C'est une machine à gaz, pour éloigner le loup. Pan ! Pan ! fit-elle.

— Ah ?

— Qu'est-ce que tu veux ? dit-elle.

— Ce qu'il y a.

— Du fromage de vache. Sec.

— Trois cents grammes. Les loups ont peur ?

— Qui sait ? Trois euros.

Les choses avaient tout de même mal tourné. Les hommes s'étaient multipliés, ils avaient investi le monde, cimenté la terre, occupé les vallées, peuplé les plateaux, tué les dieux, massacré les bêtes sauvages. Ils avaient lâché sur le territoire leurs enfants par générations entières et leurs troupeaux d'herbivores génétiquement trafiqués. Un jour, il y a trente ans, cheminant par les Abruzzes, le loup était revenu dans le Mercantour. Certains esprits s'étaient mis en tête de le protéger. Les bergers en avaient été furieux car la présence du fauve les contraignait à renforcer la veille. « Les amis du loup dorment au chaud dans les villes », s'étaient plaints les éleveurs. Il fallait à présent installer dans les alpages des machines imitant le coup de fusil pour protéger les herbivores des fauves rentrés chez eux. Je serais un loup, je me dirais : « Le progrès ? cette farce. »

Le 26 août, sortir du Mercantour

Le soir tombait déjà et moi je me traînais. Pour l'instant, cela n'allait pas fort. Trois journées dans les pierriers m'avaient déjà haché le dos. « Quel intérêt à hisser ce corps en loques jusqu'au nord d'un pays en ruine ? » pensais-je en suivant des yeux la caracole de deux chamois, une mère et son fils dans un chaos de blocs. Étions-nous nombreux à jalouser les bêtes ? Le petit m'avait déboulé dans les jambes derrière un rocher. Il avait hésité pendant une ou deux secondes. Dans les îles vierges du XVIIIe siècle, les bêtes sauvages venaient manger dans la main des premiers explorateurs, avant de recevoir un coup de mousquet en guise de célébration de la rencontre avec l'homme. Le petit chamois avait tout de même obéi à une injonction salutaire et opéré une volte-face, comprenant que je ne constituais pas une fréquentation recommandable.

J'avais croisé une chute d'eau cascadant dans les mousses, longé les eaux d'un lac vert, et remonté les pentes. J'étais passé au nord du mont Bégo déserté par les esprits préhistoriques et la lecture de *Knulp* sur les talus avait achevé de me démoraliser. Hermann Hesse promenait son vagabond dans l'aimable campagne allemande adoucie par l'automne. Certes, le bon Knulp finissait par mourir seul, mais au moins, avant de payer au prix fort son esthétique de l'irresponsabilité, avait-il montré aux villageois la noblesse d'une vie de flânerie. Si je voulais marcher rêveusement, escorté de pensées bienveillantes, il me fallait une géographie d'allées forestières avec de temps en temps une auberge où des chopes de bière mousseraient sur des tables de bois.

Au Pas de Colomb, la petite église de la Madone de Fenestre apparut en son vallon. En France, on trouve des lieux de culte marial dans les grottes et les sources. La Vierge Marie s'est accaparé toutes les bizarreries du relief. Je connaissais même une « Notre-Dame des Falaises » sur les flancs du cap Canaille. C'était la récupération du vieux paganisme par la foi catholique, une manière de ne pas rompre avec l'esprit des lieux.

J'allai m'abreuver d'un peu de pénombre sous les voûtes de l'église. Sur les murs étaient accrochés les ex-voto des alpinistes sauvés d'une chute. C'était la corde qui les avait retenus mais il leur était agréable de croire aux secours du Ciel. À gauche de l'entrée s'élevait une stèle, nouvellement érigée, à la mémoire d'Hervé Gourdel, ce guide de montagne, enfant de Vésubie, que des musulmans fanatiques avaient égorgé en Kabylie, l'année passée. De mon lit d'hôpital, j'avais été hanté par son martyre. J'avais imaginé l'alpiniste, entravé, la tête couverte, promis aux directives coraniques. J'avais éprouvé une fraternité avec Gourdel. Ce soir son souvenir surgissait.

Sur une colonne de l'église, une plaque mentionnait la mort de Templiers décapités. Était-ce l'œuvre des Sarrasins ? Au xᵉ siècle, occupés à ravager la Provence, ils avaient détruit un sanctuaire en ces mêmes lieux.

Et ce soir-là, en m'enroulant dans ma toile, je saluai Gourdel, avant que les pensées ne se muassent en rêves. Une vache préoccupée par d'autres choses meuglait ses propres requiem dans la nuit de l'alpage.

2

DE RUINES ET DE RONCES

Le 27 août, la Vésubie et la Tinée

Les vallées s'étiraient, les villages passaient. Les cailloux roulaient davantage sur les chemins calcaires de la Haute-Provence. Un soir à Saint-Dalmas, sentant grincer les armatures plantées dans mon dos, j'avisai un gîte. Oh, comme j'aurais aimé vivre au temps où ce petit dialogue eût été possible :

— Avez-vous un toit et de la paille ?

— On te donnera le pain et le vin si tu aides aux fenaisons.

Mais il fallait vraiment s'être cassé la figure pour rêver à pareilles conversations. On n'était plus au temps de Knulp, mon pauvre petit, me dis-je quand la dame aux longs cheveux bruns me déclara sur le seuil : «On vous aurait bien fait le tarif *gîte d'étape* mais on n'a pas l'accréditation administrative.» J'allais devoir être ingénieux pour échapper pendant des mois à la soumission du pays aux lois de l'administration. Trouverais-je sur le territoire des zones franches épargnées par la politique du territoire ?

Un des lointains Premiers ministres de la Ve République (Jean-Marc Ayrault – période Anatole-France) avait commandé en son temps un rapport sur l'aménagement des campagnes françaises. Le texte avait été publié sous le mandat d'un autre ministre (Manuel Valls – période Offenbach) et sous le titre « Hyper-ruralité ». Une batterie d'experts, c'est-à-dire de spécialistes de l'invérifiable, y jugeait qu'une trentaine de départements français appartenait à « l'hyper-ruralité ». Pour eux, la *ruralité* n'était pas une grâce mais une malédiction : le rapport déplorait l'arriération de ces territoires qui échappaient au numérique, qui n'étaient pas assez desservis par le réseau routier, pas assez urbanisés ou qui se trouvaient privés de grands commerces et d'accès aux administrations. Ce que nous autres, pauvres cloches romantiques, tenions pour une clef du paradis sur Terre – l'ensauvagement, la préservation, l'isolement – était considéré dans ces pages comme des catégories du sous-développement.

Le rapport se faisait rassurant, les auteurs étaient de confiants prophètes : « Courage, citoyens campagnards ! nous arrivons. » Bientôt, grâce à l'État, la modernité ruissellerait dans les jachères. Le wi-fi ramènerait les bouseux à la norme. Au lieu d'écrire *Par les champs et par les grèves*, le futur Flaubert qui traverserait ces étendues pourrait se fendre d'un « Par les ZUP et par les ZAC ». Les bénéficiaires de ces aménagements feraient de bons soldats, des hommes remplaçables, prémunis contre ce que le rapport appelait les « votes radicaux ». Car c'était l'arrière-pensée : assurer une conformité psychique de ce peuple impossible.

Parmi la batterie de mesures du rapport on lisait des choses comme *le droit à la pérennisation des expérimentations efficientes* et l'impératif de *moderniser la péréquation et de stimuler de nouvelles alliances contractuelles.* Quelle était cette langue étrangère ? De quoi les auteurs de phrases pareilles nourrissaient-ils leur vie ? Savaient-ils le plaisir de s'essuyer la bouche d'un revers de la veste après une goulée de vin de Savoie, la jouissance de se coucher dans l'herbe quand la silhouette d'un oiseau égayait le ciel ?

Le texte était illustré de cartes. Les départements hyper-ruraux au secours desquels la gouvernance s'apprêtait à voler (*intelligence de l'État au service de l'hyper-ruralité*, disaient-ils, ces troubadours !) occupaient une large zone noire. Elle prenait en écharpe les Alpes du Sud, marchait vers les Vosges et les Ardennes en englobant la quasi-totalité du Massif central et nombre de départements voisins de la Haute-Loire. Je l'apprendrais quelques semaines plus tard : ces territoires, du Mercantour à la Lozère, correspondaient au cheminement du loup après son retour en France. Pas folle la bête ! Elle mettait sa tranquillité au pinacle des vertus. Non seulement le loup n'attaquait pas l'homme mais il tenait à l'éviter.

À l'hôpital, rivé au banc de peine, contemplant ces cartes, il m'avait été facile d'imaginer l'itinéraire. « La nature aime à se cacher », professait Héraclite dans le cent vingt-troisième de ses fragments, obscur comme il se doit. Tels les êtres inachevés, j'avais grand goût pour les recoins. L'« hyper-ruralité » était mon occasion. Et c'était l'une des cartes du rapport que je tenais serrée contre mon cœur, comme la photo d'une fiancée. La carte promettait l'évasion. Mon itinéraire ne décalquerait pas l'intégralité des zones hyper-rurales. Une fois extirpé du Massif central, j'obliquerais vers le nord-ouest pour rejoindre la Manche. Je m'arrêterais sur les falaises de la Hague, là où le territoire plongeait dans la mer, offrant l'alternative du demi-tour ou du saut de l'ange. Les falaises m'avaient toujours paru de belles frontières.

Je fis un récapitulatif. J'avais mon objectif : chercher les friches et les jachères. Je disposais de mon itinéraire et de mes cartes, fournis par les rapports d'étude de l'État. Je savais comment me déplacer puisque je tenais la marche à pied pour une médecine générale qui serait la clef de ma reconquête. En bref, jamais je n'avais entrepris de voyage aussi organisé.

Le village de Marie, dominant les hauteurs de la Tinée, était posté sur son éperon. Marie était le nom de ma mère et il me plaisait de penser que son âme y avait fait une halte.

Au lavoir, une vieille dame. Contemplait-elle les ravages du temps dans le reflet des eaux ?

— Je suis Dédette, j'ai quatre-vingts ans, je suis née là. J'y suis, j'y reste !

Je me gardais de lui préciser que le rapport sur l'hyper-ruralité parlait d'une France *mobile, connectée et moderne*. « Adieu Dédette ! » disaient les énarques de la gouvernance.

Je descendais vers le Var par un chemin perché sur la rive droite de la Tinée. C'était l'ancienne piste muletière de Nice à Barcelonnette. Les mules n'y trottaient plus. Y demeurait l'ombre fantôme d'un peuple qui avait gagné la vallée en un siècle et laissé les ronces derrière lui.

Plus loin, à Clans, la fête au village : des tentes sur la place et la rumeur d'une agitation. Au lieu de pincer les bergères en gueulant des chansons avec des voix rabotées par le pastis, les villageois avaient organisé une journée *Star Wars* et j'aimai regarder ces messieurs déguisés en Dark Vador, batifolant sous les platanes. Puis je m'enfuis parce qu'on ne gagne tout de même pas la Tinée à pied depuis l'Italie pour assister à un défilé de robots. Et les lacets d'un chemin plongeant vers la rivière tracèrent un éclair joyeux sur le versant. En Provence, les sentes ont l'air de serpents en fuite.

Le 30 août, haute vallée du Var

J'atteignis la rive du Var à midi, passai la rivière à gué, l'eau à la taille. En face, je cherchai dans les taillis un chemin qui m'élevât dans les hauteurs. Je m'égarai dans les pentes que ne retenaient plus les terrasses. Je trouvai une coulée de bête, piste modeste, la plus infime et la plus mystérieuse sur l'échelle de la nomenclature des chemins, le dernier recours du piéton. Les broussailles se refermèrent et je gagnai à nouveau les galets de la rive. Au soir de cette journée, après dix heures de marche en pleine canicule, j'avais parcouru douze kilomètres. D'où me venait ce goût pour les virées doloristes ? Peut-être de la jouissance que je tirais de leur conclusion.

Quand pareilles inquiétudes pointaient, je revoyais celui que j'étais, un an auparavant, à l'hôpital, transbahuté de service en service ; un corps en miettes, planté de tubes. Puis je me souvenais du premier tressaillement éprouvé quand j'avais fait un pas, seul, hors de ma chambre, jusqu'au bout du couloir et que j'avais eu l'impression d'avoir gravi la Verte par le couloir Whymper. Et les noirceurs se dissipaient. Les ivrognes russes trinquent en affirmant que « demain sera pire qu'aujourd'hui ». Longtemps, je m'étais rangé à cette idée.

Depuis ma chute, je me pénétrais du contraire : tout s'améliorerait.

Pour l'heure, je bataillais sur un talus planté de genêts anarchiques. Traverser les friches donnait l'occasion de disparaître, noble fantasme. On fourrageait les baliveaux, on longeait des ravines, on marchait sur des îles de vase, on s'échappait.

Ma chute m'avait cloué sous les regards. Les amis, les médecins, les proches, l'administration, les spécialistes – tous s'étaient généreusement offerts à me contrôler. Même un addictologue s'était occupé de la remise sur les rails. J'avais eu avec lui l'impression de connaître le temps de la prohibition (la prohibition de vivre aussi sottement que je l'entendais). Je l'avais remercié en lui exposant que je craignais de prendre goût à sa discipline. Une fois sorti de l'hôpital, la surveillance généralisée avait redoublé. Et nos vies ordinaires s'exposaient ainsi sur les écrans, se réduisaient en statistiques, se lyophilisaient dans les tuyauteries de la plomberie cybernétique, se nichaient dans les puces électroniques des cartes plastifiées. Naissions-nous pour alimenter les fichiers ?

Me débattre dans les broussailles de la vallée du Var me lacérait certes les jambes mais m'offrait de sortir du faisceau photoélectrique qui scrutait les existences. L'*œil* ne me fixait plus. Fuir pourvoyait d'une double vertu : le remède et l'oubli.

Or à quelques millièmes de millimètres, devenu invalide, j'aurais été privé de ces grâces. N'étant pas versé dans l'idée chrétienne que les épreuves sont des dons du Ciel, j'en aurais tiré une certaine affliction. Ma vie en fauteuil roulant se serait réduite à chercher un 9 mm à me coller dans la bouche. Ayant reconquis l'usage de mes jambes, je ne pouvais pas désespérer. M'était rendue la liberté de mouvement, le droit de me carapater dès que pointait l'ombre d'une contrainte, d'une requête, d'une sommation – pire : dès que sonnait le téléphone. Bernanos n'avait pas manqué d'instinct au début de *Français, si vous saviez…* : « Il n'y a plus beaucoup de liberté dans le monde, c'est entendu, mais il y a encore de l'espace. »

L'espace ! Il offrait ses replis à qui voulait bien s'agenouiller au-dessus des cartes et communier à leur pouvoir. Ici, sur les dorsales calcaires, et plus tard sur les socles de granit, j'allais ouvrir compulsivement les feuilles de l'IGN. Ces cartes d'état-major étaient des merveilles, on pouvait se réjouir de posséder une pareille couverture du pays. Pour l'instant, j'en transportais dix dans mon sac, de quoi me projeter jusqu'au Ventoux. Les feuilles révélaient l'existence de contre-allées, inconnues, au cœur de la citadelle, de portes dérobées, d'escaliers de service où disparaître. Je ne pouvais jamais regarder ces représentations au 25 000ᵉ sans me demander ce qui se tramait là, sous mon doigt, au bout de ce sentier isolé, sur un talus zébré d'un tortillon. Et qui vivait dans cette maison dessinée au milieu d'une lande ? Un ogre ? Un refuznik ? Une ancienne danseuse ? La carte était le laissez-passer de nos rêves.

Ces tracés en étoile et ces lignes piquetées étaient des sentiers ruraux, des pistes pastorales fixées par le cadastre, des accès pour les services forestiers, des appuis de lisières, des *viae* antiques à peine entretenues, parfois privées, souvent laissées à la circulation des bêtes. La carte entière se veinait de ces artères. C'étaient mes *chemins noirs*. Ils ouvraient sur l'échappée, ils étaient oubliés, le silence y régnait, on n'y croisait personne et parfois la broussaille se refermait aussitôt après le passage. Certains hommes espéraient entrer dans l'Histoire. Nous étions quelques-uns à préférer disparaître dans la géographie.

Passages secrets, les chemins noirs dessinaient le souvenir de la France piétonne, le réseau d'un pays anciennement paysan. Ils n'appartenaient pas à cette géographie des « sentiers de randonnée », voies balisées plantées de panonceaux où couraient le sportif et l'élu local. Même à proximité d'une agglomération, la carte au 25 000ᵉ livrait des issues : une levée de terrain, un talus discret, une venelle. Partout, l'ombre avait des survivances. Jusqu'au cœur des zones urbaines s'enfonçaient des coulées. Si renards et furets réussissaient à gagner le centre des villes d'Europe par les fossés et les contrescarpes, nous aussi pouvions tenir l'équilibre sur des fils invisibles. Relier ces chemins à travers le pays ralentirait ma progression mais offrirait des avantages : ne pas s'infliger les traversées périurbaines, éviter la brûlure du goudron.

Dans les années 1980, René Frégni, écrivain de Provence, avait publié un roman où il décrivait la traque d'un conscrit réfractaire que l'autorité militaire poursuivait sur les routes d'Europe. Un livre électrique, frappé de ce titre : *Les Chemins noirs*. Depuis le départ, je me débattais avec les cartes IGN pour tracer une sinusoïde de l'incognito. Non pas que je fusse en cavale mais je pressentais qu'un air de liberté soufflait en ces allées. La première épreuve était d'élaborer un tel parcours dans une campagne en miettes. L'exercice d'arpenteur était plus difficile que je ne me l'étais imaginé : il fallait longuement détailler ces planches pour tracer les itinéraires. Cela finissait par fatiguer les yeux.

Un rêve m'obsédait. J'imaginais la naissance d'un mouvement baptisé *confrérie des chemins noirs*. Non contents de tracer un réseau de traverse, les chemins noirs pouvaient aussi définir les cheminements mentaux que nous emprunterions pour nous soustraire à l'époque. Dessinés sur la carte et serpentant au sol ils se prolongeraient ainsi en nous-mêmes, composeraient une cartographie mentale de l'esquive. Il ne s'agirait pas de mépriser le monde, ni de manifester l'outrecuidance de le changer. Non ! Il suffirait de ne rien avoir de commun avec lui. L'évitement me paraissait le mariage de la force avec l'élégance. Orchestrer le repli me semblait une urgence. Les règles de cette dissimulation existentielle se réduisaient à de menus impératifs : ne pas tressaillir aux soubresauts de l'actualité, réserver ses colères, choisir ses levées d'armes, ses goûts, ses écœurements, demeurer entre les murs de livres, les haies forestières, les tables d'amis, se souvenir des morts chéris, s'entourer des siens, prêter secours aux êtres dont on avait connu le visage et pas uniquement étudié l'existence statistique. En somme, se détourner. Mieux encore ! disparaître. « Dissimule ta vie », disait Épicure dans l'une de ses maximes (en l'occurrence c'était peu réussi car on se souvenait de lui deux millénaires après sa mort). Il avait donné là une devise pour les chemins noirs.

Nous serions de grandes troupes sur ces contre-allées car nous étions nombreux à développer une allergie aux illusions virtuelles. Les sommations de l'époque nous fatiguaient : *Enjoy ! Take care ! Be safe ! Be connected !* Nous étions dégoûtés du clignotement des villes. Si nous écrasions à coups de talon les écrans livides de nos vies high-tech s'ouvrirait un chemin noir, une lueur de tunnel à travers le dispositif. Tout cela ne faisait pas un programme politique. C'était un carton d'invitation à ficher le camp. Vivre me semblait le synonyme de «s'échapper». Napoléon avait dit au général de Caulaincourt dans le traîneau qui les ramenait à Paris après le passage de la Berezina : «Il y a deux sortes d'hommes, ceux qui commandent et ceux qui obéissent.» Du temps où je m'étais passionnément intéressé à l'Empire, jusqu'à prendre mon bain coiffé d'un bicorne, j'avais trouvé cette phrase définitive. Aujourd'hui, tordant mes chaussettes sur un banc de vase du Var, je pensais que l'Empereur avait oublié une troisième colonne : les hommes qui fuient. «Sire!» lui aurais-je dit si je l'avais connu, «Fuir, c'est commander! C'est au moins commander au destin de n'avoir aucune prise sur vous.»

Le lendemain, passé Entrevaux, j'allais monter sur les plateaux. Là-haut, tout irait bien. Il me faudrait demeurer sur le rasoir des reliefs. On est mieux sur le fil ; on avance léger, le ciel se fait amical, mais on chemine avec le risque de ressentir la moindre perte de dénivellation comme une inguérissable blessure.

Le soir, traversant encore le Var – mais sur un pont cette fois –, j'appris que l'ouvrage avait été «*inauguré en 2006 par M. E****». Autre noblesse des chemins noirs : personne n'y laisse son nom.

Le 31 août, par le pays du Verdon

Vinrent les hauteurs respirables et la marche à grandes foulées. Je mis trois jours à gagner le plateau de Valensole par les croupes d'un relief anorexique, entre le Var et le Verdon.

Je passai Castellane, approchai de Moustiers et, le soir, jetai mon bivouac sous un arbre choisi, un chêne vert ou un pin. Ils me tenaient ombrage, compagnie, parapluie au cas où. Les clous de ma colonne vertébrale me forçaient à me coucher sur le flanc. Mon matelas gonflable me soulageait un peu mais le moindre contact avec le sol me faisait regretter le confort du lit d'hôpital. Le sommeil tardait à venir, les arbres tremblaient, mais ce n'était pas de peur. C'était un frémissement inquiet, comme s'ils avaient craint l'avancée de l'ombre, douté du retour du soleil. Je me souvenais du pays berbère, dans les montagnes de l'Atlas. Les hommes, là-bas, du temps où ils se repliaient dans les hauteurs, forcés par les Arabes, avaient forgé une somptueuse expression pour distinguer les nomades des sédentaires. Les premiers étaient appelés « hommes de la lumière ». Peau cuite de soleil, cuir durci par le vent, ils dormaient sous le ciel. Les seconds étaient les « hommes de l'ombre » car ils demeuraient à l'abri de leur toit et leurs mauvais rêves ne s'échappaient jamais de la maison. Mes nuits sous la jupe des arbres étaient des nuits du soleil.

Au lever d'un bivouac, la jouissance des rayons sur le corps est comparable aux premières secondes du bain chaud. Les hautes pâtures pelées par des siècles pastoraux recouvraient les reliefs. Des promeneurs y croisaient, vêtus de gore-tex. De loin : des pétales fluo chahutés par le vent. Restaient quelques sauterelles et, au ciel, la lente spirale des rapaces, pour témoigner d'une vie mystérieuse. Ils avaient raison, ces gypaètes, de tracer leurs auréoles comme les vautours des films de Sergio Leone, car notre monde était presque mort. Ils devaient le prendre pour une carcasse de bison.

Il y avait aussi des lézards, serpentant par poignées. Ils fuyaient entre les pierres, à la moindre alerte. Leurs aïeux avaient été les seigneurs de la Terre. La race des sauriens avait dominé la vie avant de disparaître à la fin du crétacé, subitement. Ces petits gardiens de l'ombre étaient les héritiers des lointains maîtres du monde. Avec leur air inquiet, leurs yeux sévères, leur port altier, leurs crêtes dragonnes, ils semblaient s'en souvenir. Ils devaient se dire, tapis dans leur recoin : « Ah, quand nous gouvernions la Terre, il y a soixante-cinq millions d'années... » Allions-nous subir le même sort, nous autres ? Nous menions la danse en ce moment, nous régentions la chaîne du vivant, nous trafiquions l'atome, nous modifiions le gène, nous augmentions la réalité avec des puces de silicium, nous recomposions le poème initial. Mais l'avenir ? Il ne suffit pas d'être puissant pour durer ; les lézards nous le rappelaient. Peut-être allions-nous quitter le devant de la scène ? Alors, quelques-uns d'entre nous, diminués physiquement, survivraient dans l'ombre, comme ces fils des dieux à écaille, pour se souvenir des heures glorieuses.

Je saluais les ruines que je croisais, ne manquais pas de les visiter. Souvent c'était le vestige d'une commanderie, postée en contre-haut d'un plateau. Elle avait présidé aux destinées d'une société agreste. Mais l'après-guerre avait sonné l'exode au pied des reliefs. Subsistaient ces chicots de murs plantés dans l'herbe jaune. C'étaient des endroits attirants. Chaque mur écroulé abritait la possibilité d'une halte. Elles étaient précieuses, ces zones de repli défendues par les herses de mûres. Une plage de silence valait un royaume. Les géographes avaient inventé une superbe expression pour décrire le phénomène d'abandon des villages d'altitude de la Provence.

Ils parlaient du « déperchement ». Le mouvement avait commencé au cours de la première révolution industrielle, puis il y avait eu la saignée paysanne de 1914 et l'industrialisation du pays au cours du XXᵉ siècle. Après la seconde guerre, les hauts plateaux calcaires s'étaient dépeuplés extraordinairement vite. Les Trente Glorieuses avaient aspiré le paysan en bas de sa pente, vers la plaine. Certains avaient choisi la ville. Les hommes avaient rêvé d'une existence plus facile et de chemins moins empierrés. La vie était devenue confortable et les enfants moins sales. Giono avait trouvé le moyen d'imaginer un regain et de revivifier un hameau par la grâce du roman, mais la plupart du temps les villageois avaient décroché, comme décroche la section quand l'ennemi contre-attaque. Quand un pays de montagne se modernise, l'homme ruisselle comme une nappe d'eau. Et la vallée, frappée d'Alzheimer, ne se souvient même pas que la montagne a retenti de vie. Pouvais-je me douter que ces talus résonnaient autrefois des cris muletiers ? Le passé n'a pas d'écho. En une moitié de siècle, l'accélération et l'hypertrophie des systèmes humains – villes, nations, sociétés, entreprises – avaient institué un nouveau solfège dans les vallées. La *question de la taille* et la *question de la vitesse* étaient les nouvelles fondations du monde du XXIᵉ siècle. L'agitation et l'obésité ne sont jamais d'heureuses nouvelles. Il y avait cependant une consolation : si l'on considérait que le flux était la seule loi de la vie, que l'Histoire n'avait pas de sens, que nous étions emportés dans le train fantôme, sans espoir d'en freiner ni d'en modifier la course, on pouvait trouver une issue en recourant aux chemins. Il suffisait de reprendre la marche en saluant les bêtes pour peu qu'on en croisât.

Donc, je vadrouillais dans le silence, d'étables écroulées en fermes abandonnées, sur des chemins bouffés par la végétation. *De ruines et de ronces* : on aurait pu intituler ainsi une bonne grosse monographie sur la Provence des hauteurs. Personne n'aurait pleuré dans les chaumières, il n'y en avait plus.

Au-dessus d'un domaine agricole, que la carte désignait sous le nom des Maurels, allongé dans l'herbe, je contemplais les strates calcaires. Elles convulsaient en ondulations. Le paysage n'est jamais drôle, cela je l'avais remarqué autour du monde, mais parfois il semble ivre. Torturé par les soubresauts des plissements, il devient fou. La tectonique est l'opium du paysage.

Sur le plateau, je goûtais déjà le suc de ces jours d'ivresse sèche. Le calcaire affleurait, cuit dans le four solaire. Il abritait des plantes, spécialisées dans la survie, des bouquets d'héroïnes inconnues.

Ma jouissance se nourrissait du retour de mes forces. Guérir tenait du processus végétal : la santé se distribuait dans l'organisme comme les fibres de la plante. Elle rampait, poussait. Mon soin était de la laisser se déployer en jouissant mezza voce de l'effort modéré de la marche. La quotidienne remise en route offrait un plaisir de basse intensité, résumé à presque rien : détecter des traces de vie dans la montagne, de jolies trouées dans une échancrure, la vue d'un mas ou d'un chevet roman. Un engoulevent s'exfiltrait devant moi, c'était une vision pour l'éternité. Je jetais quelques lignes sur un carnet si le spectacle d'un chêne dans un champ blond m'inspirait un salut affectueux. Il me le rendait d'un battement de branche. La marche était une pêche à la ligne : les heures passaient et soudain une touche se faisait sentir, peut-être une prise ? Une pensée avait mordu ! Le soir, je m'endormais et les images de la lanterne magique défilaient derrière mes paupières. Était-ce là une vie réduite ? Oui. Mais réduite à sa plus simple expression. La plus belle, peut-être. Le défi était de faire durer cette douce tension.

Entre moi et le monde il n'y avait que l'air tiède, quelques rafales, des herbes échevelées, l'ombre d'une bête. Et pas d'écran ! Aucune information, pas d'amertume, pas de colère. Ma stratégie du retrait distillait sa jouvence dans mes fibres.

Aller par les chemins noirs, chercher des clairières derrière les ronces était le moyen d'échapper au dispositif. Un embrigadement pernicieux était à l'œuvre dans ma vie citadine : une surveillance moite, un enrégimentement accepté par paresse. Les nouvelles technologies envahissaient les champs de mon existence, bien que je m'en défendisse. Il ne fallait pas se leurrer, elles n'étaient pas de simples innovations destinées à simplifier la vie. Elles en étaient le substitut. Elles n'offraient pas un aimable éventail d'innovations, elles modifiaient notre présence sur cette Terre. Il était « ingénu de penser qu'on pouvait les utiliser avec justesse », écrivait le philosophe italien Giorgio Agamben[1] dans un petit manifeste de dégoût. Elles remodelaient la psyché humaine. Elles s'en prenaient aux comportements. Déjà, elles régentaient la langue, injectaient leurs bêtabloquants dans la pensée. Ces machines avaient leur vie propre. Elles représentaient pour l'humanité une révolution aussi importante que la naissance de notre néocortex il y a quatre millions d'années. Amélioraient-elles l'espèce ? Nous rendaient-elles plus libres et plus aimables ? La vie avait-elle plus de grâce

1. *Qu'est-ce qu'un dispositif ?*, Payot, 2007.

depuis qu'elle transitait par les écrans ? Cela n'était pas sûr. Il était même possible que nous soyons en train de perdre notre pouvoir sur nos existences. Agamben encore : nous devenions «le corps social le plus docile et le plus soumis qui soit jamais apparu dans l'histoire de l'humanité». Partir sur les chemins noirs signifiait ouvrir une brèche dans le rempart. N'ayant en moi ni la violence du saboteur, ni le narcissisme de l'agitateur, je préférais la fuite. Assis sur l'herbe dans la volute d'un cigarillo, je disposais au moins du pouvoir d'oublier les écrans et de m'hypnotiser plutôt du vol des vautours par-dessus les ancolies.

Je passai une dernière nuit sur le plateau et descendis vers Moustiers par un ravin, entre deux éminences. Dans la descente, ce panneau sous les poiriers prouvait combien l'administration maternait les citoyens : *La praticabilité de cet itinéraire n'est pas garantie.* On devrait annoncer cela à tous les nouveau-nés au matin de leur vie ! À Moustiers, sous le commandement de la chapelle d'Entre-Roches, rivée à sa falaise, je bus un double café noir et tombai sur le quotidien *La Provence.* Oh! la tristesse des titres ! Et que je massacre les adorateurs du soleil en Irak, et que je détruise un temple grec, et que je foute du pétrole dans la mer profonde et bleue que barattent les baleines en sautant bizarrement. L'homme manquait de tenue. L'évolution avait accouché d'un être mal élevé et le monde était dans un désordre pas croyable. Moustiers se réveillait dans la lumière d'un matin à la Raoul Dufy : léger et court vêtu. S'il n'y avait qu'une leçon à tirer de cette impression de chaos général c'était qu'un village local est un moindre foutoir que le village global !

— Vous avez du feu ? dis-je au type qui fumait à côté de moi avec une allure d'Italien tiré à quatre épingles.

— Je peux vous prendre le journal en échange? dit-il.

— Vous y perdez, dis-je, la violence gagne.

— Non, dit-il en me tendant le briquet, elle ne gagne pas.

— Vous n'avez pas lu les journaux?

— Mais si! La violence, autrefois, on n'en parlait pas. Moi, je me suis battu. Un copain dans un bar a pris un coup de couteau, je l'ai emmené à l'hôpital en Jaguar. Il m'a salopé les fauteuils avec son sang, ce con.

Le 3 septembre, sur le plateau de Valensole

À Puimoisson je me couchai à l'ombre du lavoir. Rien ne favorise mieux le sommeil que de laisser un filet d'eau l'infiltrer. Quand je me réveillai une dame aidait un homme soûl à marcher, à rentrer chez lui peut-être. C'était une vision charmante – si russe.

Je gagnai du terrain vers la montagne de Lure par le plateau de Valensole. J'allai de longues heures dans un paysage de champs peignés, plantés d'arbres et de cahutes de galets. Je dis adieu au mystère des hauteurs calcaires, je le retrouverais plus loin, vers le nord-ouest, sur la montagne de Lure. Entre les deux reliefs, il me fallait traverser un jardin de lavande et retrouver un peu de joie en moi. Pour cela, une seule solution : harasser la bête.

Sur le plateau, le vent soufflait le soir, énervant, parfumé d'aventure.

Les haies de ronces et de buissons fournissaient ma ration de mûres, de poires et de figues. Ces ventrées de vagabond n'étaient pas difficiles. Il suffisait de tendre la main, les fruits

43

n'étaient jamais cueillis. De belles araignées, noir et jaune – des argiopes –, assuraient la garde. Les temps où le peuple glanait étaient révolus. D'abord, il n'allait plus beaucoup à pied sur les chemins. En outre, la confiture chinoise acheminée en conteneur ne coûtait pas cher à l'épicerie. Pourquoi risquer de se déchirer les mains aux épines quand l'import-export vous apportait ce que vous cherchiez? Il y avait un rapport entre la prodigalité de ces buissons et la chute du baril de pétrole sous les trente dollars, me disais-je en me bleuissant la bouche. Entre Valensole et Oraison, au bord du canal de Manosque, je passai devant un campement de Gitans. Quelques femmes en fichus me regardèrent, silencieuses, flanquées de mômes qui mettaient leurs poings dans la bouche. Dans les alentours du camp, les buissons étaient glanés jusqu'à l'os. Les romanos, eux, connaissaient la valeur des trésors.

Je les saluai, elles ne répondirent pas. Ces romanichels se tenaient à la marge des courants et j'éprouvais pour eux quelque chose qui ressemblait à de l'admiration. Il y avait ainsi des êtres, dans la France du siècle numéro vingt et un, qui vivaient sur la bande d'arrêt d'urgence. Je n'aurais rien troqué de ma vie pour manger des soupes à l'ortie dans les caravanes des gens du voyage. Mais ils témoignaient d'un certain talent dans l'art de se tenir à l'écart sur leurs propres zones. J'osais espérer que ma balade m'offrirait le cadeau de rencontrer les membres de ce peuple : des moines, des scouts, des gauchistes, de pauvres cloches, des glaneurs de fruits, des chercheurs de champignons, des débiles évadés de l'asile – même des poètes en marche, qui sait? Une confrérie qui se déplaçait par elle-même au lieu de se sertir dans le courant. De tels êtres en marche n'appartenaient pas aux mêmes catégories mais ils auraient gagné à se côtoyer davantage. Sans doute avaient-ils des choses à se confier et les forêts offraient de bons endroits pour les réunions. Les géographes appellent « étoiles » les carrefours forestiers où les pistes convergent sous les feuillages. Qui rencontrerais-je aux étoiles ?

Le monde devint mauve. Un plateau de lavande, Valensole ? Non, une place d'armes ! Les rangs étaient alignés, militaires. Les plantations intensives d'hévéas en pleine Malaisie procuraient le même sentiment de mise en ordre. Ici, le pinceau paysan avait produit une toile parfaitement lissée, brossée de longs à-plats acryliques où naissait la perspective de la rentabilité. La terre était cimentée, lavée de produits chimiques, domestiquée par les besoins de la parfumerie et de la production de miel. La lutte contre les insectes avait été remportée. On y avait gagné un silence de parking. Il n'y avait pas un vrombissement dans l'air.

Et moi je divaguais dans ces rainures bleutées avec des pensées de Parisien stupide, admiratif des insectes. Elles auraient fait ricaner les producteurs qui craignaient, malgré des décennies de napalm, les attaques des cicadelles sur les plants.

Le 4 septembre, Durance, rive droite

Allais-je réussir à suivre l'azimut des chemins noirs ? C'était un défi car il me fallait d'abord atteindre le terme de ma diagonale avant de savoir si j'avais choisi la bonne route. En quatre heures, marchant sur la levée des canaux, je gagnai

Oraison, funèbre endroit. Était-ce ma faute si le nom des agglomérations poussait au calembour ? Pavillons, hangars, rocades émergeaient d'une forêt de panneaux signalétiques : c'était le règne du périurbain. J'avais échappé jusqu'alors, me tenant dans la broussaille, à cette géographie du non-lieu. Le panneau d'entrée du bourg affichait avec sérieux les termes du destin que les dernières décennies lui avaient fait subir : « une ville à la campagne ». Ici les chemins noirs s'arrêtaient. Ils débouchaient dans le dispositif. Je m'avouai vaincu et rentrai dans la zone par la rocade.

Les Trente Glorieuses avaient accouché d'un nouveau paysage, redistribué les cartes du sol, réorchestré la conversation de l'homme et de la terre. Depuis dix jours, je serpentais entre les coulures d'asphalte et percevais l'écriture d'une recomposition. L'une des ruralités était morte. On en trouvait un souvenir dans les ruines des plateaux. Les troupeaux avaient été encagés dans les vallées, les pâtures investies par les randonneurs, les hautes routes ne servaient plus aux transhumances, elles avaient été rendues aux vipères. Les chemins noirs couraient sur ces hauteurs abandonnées.

La deuxième ruralité était active. Elle s'accrochait, vivace, perfusée de subventions. Combien restait-il de ces agriculteurs conventionnels ? Un demi-million ? C'étaient des travailleurs, ils tenaient bon, luttaient. Ils cultivaient intensivement pour alimenter le Moloch. La lavande de Valensole, le blé de Beauce et le poulet martyr étaient le fruit de cette agriculture technique. Dans les années 1960, les commissaires européens avaient décrété que l'agriculture était une industrie comme une autre, qu'élever des vaches ou produire des semelles de caoutchouc répondait aux mêmes lois. La politique agricole commune avait incité les exploitants à intensifier la production. Écoutant les mauvais génies, les paysans s'étaient endettés, ils avaient agrandi leur surface, acheté des machines et des semences trafiquées. Les rendements avaient décollé, le prix du steak baissé ; c'était chimique, c'était glorieux et Giscard tenait sa France prête pour l'avenir. Cette agriculture avait accouché d'un paysage aussi artificiel qu'une place pavée. Les haies, les bosquets, les friches, les marais et les talus avaient laissé la place aux grandes steppes rentables piquetées de hangars à tracteurs. Soudain, la prospérité était retombée. La mondialisation avait ouvert son marché frankensteinien. Les porte-conteneurs acheminaient les produits du monde à bas prix. Bruxelles avait été moins prodigue. Les paysans avaient connu la fin des jours fastes. Ils étaient redevenus les ploucs. Et la ruralité se maintenait comme une vieillarde malade, couchée sur le lit de la France.

La troisième ruralité était mise en scène. Les citadins s'étaient aperçus qu'une vie sans issue était pire qu'une vie sans chauffage. Les néoruraux s'en venaient dans les campagnes, après avoir tiré les conclusions de ce qu'il en coûte de quitter l'éternité. Ils scénographiaient le retour, ils étaient à la manœuvre de l'imaginaire. Depuis les années 1970, poussés par la contestation politique, la crise économique ou la récente dématérialisation numérique, ils regagnaient les champs, remontaient les versants, ils étaient les saumons de l'Histoire. Certains d'entre eux se contentaient de retaper une ruine. D'autres accueillaient des hôtes autour d'un repas *à l'ancienne* produit par leurs homologues cultivateurs. Les territoires voyaient aussi affluer Anglais et Belges, lassés du crachin sur les murs en brique. Ceux-ci achetaient d'anciennes magnaneries, repeignaient les volets en mauve, se demandant comment on pouvait préférer Turner à Cézanne. J'avais traversé quelques villages destinés à perpétuer le souvenir muséal de la campagne. Moustiers, Castellane, villages de brochure, semblaient dirigés par les offices du tourisme. Le marchand d'huile d'olive y jouxtait le restaurant « Chez Marius » et des cohortes de motards garaient leurs Harley sous les platanes pour siroter une fausse absinthe devant l'église très restaurée mais vide. C'était la ruralité « lavande et cigale ». En Bretagne elle se serait appelée : « galette et biniou ». En Indre-et-Loire, cela aurait été plus difficile car il fallait à ces territoires des personnalités singulières pour que les communicants puissent jouer sur les harmoniques du symbole.

La ruralité exposait un quatrième visage. Une armée de réserve, depuis cinq décennies, montait au secours de la terre maltraitée. Dans les années 1960, des paysans pionniers avaient commencé à refuser de considérer l'agriculture comme une guerre ouverte. Ils voulaient cultiver sans user des méthodes de l'aviation américaine. Ils étaient aujourd'hui près de soixante-dix mille à se conformer à l'appellation d'« agriculture biologique ». Il était facile de ricaner : ils recouraient à une agriculture vieille comme l'antique à laquelle ils donnaient le nom d'« innovation », ou bien ils qualifiaient de « traditionnelles » des pratiques ultra-techniques. Mais la cause était belle, et ses fruits étaient bons et les efforts gagnaient lentement du terrain : les trente mille fermes bio en activité couvraient aujourd'hui 5 % de la surface cultivée du pays. Les paysages de cette ruralité-là étaient faciles à détecter : les champs ne ressemblaient pas à des dalles de ciment ni les élevages à des unités de bagnards.

Je quittai Oraison par un pont sur la Durance et montai, dans les oliviers, vers le village de Lurs où je sifflai un sirop, sur une terrasse de terre tachée par l'ombre des mûriers. L'alcool m'était interdit par l'Académie de médecine. J'avais bu pour la vie au cours de ces dernières années, noyé des caravanes de souvenirs dans des gués de vodka. À présent : fini ! Le robinet magique était fermé. Je payais cher la dette contractée au bureau des excès. Ne pouvant me permettre de réveiller les démons, il me fallait oublier la grâce de l'ivrogne : celle d'accueillir des carnavals dans son crâne. Et ce soir, sous un ciel pourtant idéalement bariolé pour vider une carafe de vin de Provence, je me contentais d'un verre flasque. Le paysage se borna à ressembler à ce qu'il était. En bas, le cours de la Durance. Les rives vrombissaient, actives, striées d'autoroutes, marquetées de hangars. Ici, en contre-haut, se trouvait un village-musée, pour lecteurs de Pagnol. Il n'y avait pas un seul paysan mais des dames anglaises. Elles se promenaient avec des chapeaux de paille en s'extasiant de la lumière. Entre les deux, sur le versant, des forêts vides où serpentait le lierre. Là, quelque chose, un chemin noir, menait quelque part. Il pouvait conduire vers une ruine, une écurie, une clairière. Ce serait un bon début. Une fissure dans le présent.

Je descendis vers le pont romain de vingt mètres, d'où s'élevait le chemin d'accès au monastère de Ganagobie. En ces lieux, à l'ombre de l'arche, il y a deux mille ans, clapotaient des naïades. Puis le Dieu chrétien les avait repoussées dans les grottes. C'était la même histoire que les lézards : les époques se succédaient, les maîtres changeaient, les seigneurs du moment refluaient dans leurs caches, les dieux se remplaçaient, de nouveaux temples s'élevaient sur la fondation des anciens. La ruralité avait connu ce sort. Les paysans avaient changé de métier. Il ne fallait pas être triste de ces paso-doble. Il fallait accepter les adieux et monter en haut de la côte.

Le 5 septembre, vers la montagne de Lure

La nuit au monastère de Ganagobie avait été d'un bon secours. Les moines m'avaient gratifié d'une cellule plus confortable qu'un tapis d'humus. Les complies, le soir, sous la voûte de l'église, avaient l'effet des volutes d'opium telles que je me les imaginais – j'avais mangé la pâte noire mais jamais tiré sur la pipe. Les pierres calcaires absorbaient ces chants depuis le XIIᵉ siècle, peut-être rayonnaient-elles de ces vibrations ? Les hommes en noir maintenaient leurs usages, leurs gestes, répétaient les mots, tenaient bon dans le cours du fleuve. En bas dans la vallée, les modernes trépidaient. Ici l'équipage maintenait l'expression de son angoisse. Mon admiration était lardée de stupeur car dans cette célébration née de la Règle transpirait la panique de perdre pied. Pourquoi la vision des naufragés de la *Méduse* de Géricault me passait-elle devant les yeux ? Entendais-je une prière ou une imploration ? Je me doutais que ces « Viens à notre secours ! » éclatant sous les arcs romans renvoyaient aux tentations de l'âme. Je ne pouvais m'empêcher de penser qu'ils étaient incongrus car l'homme n'était pas menacé. En 2050 nous serions dix milliards sur la Terre. Si j'avais entendu les bêtes des bois, des fleuves et des eaux appeler au secours, j'aurais pris au sérieux leurs suppliques.

Cet après-midi-là, les moines organisaient une table ronde sur le dialogue interreligieux. Ils avaient invité à déjeuner un rabbin et l'évêque d'Alger. Nous étions attablés sous les mûriers de l'esplanade. L'heure était délicieuse. La Durance dénouait ses entrelacs dans l'or des limons. Le rabbin était entouré de sa garde prétorienne composée de types baraqués, cheveux ras et vestes ajustées. On voyait dépasser les pistolets Glock quand ils s'asseyaient : en vérité, le dialogue interreligieux commençait mal. Je partis après le déjeuner, empli de reconnaissance pour les moines mais tournant allègrement le dos à la beauté, l'éternité et la névrose.

Je m'étais enrichi de vingt euros au monastère car une vieille dame prise de pitié pour ma défiguration m'avait glissé un billet : « Vous ferez dire une messe, pour qui vous voudrez », et j'avais pensé à ma mère qui n'en aurait jamais demandé tant. C'était la première fois que ma gueule cassée suscitait pareil élan de compassion. Mon accident m'avait affligé d'une paralysie faciale et ma grimace fascinait les enfants dans la rue. Même les chiens me regardaient bizarrement. Ma bouche, tordue, tombait sur le côté, le nez était de traviole, la joue droite enfoncée, l'œil exophtalmique. Un *freak* en somme. L'esthétique antique revivifiée par la Renaissance et le classicisme du xviie siècle m'affectait car elle imposait les canons de la symétrie. Seule la déconstruction cubiste, au début du xxe siècle, avait corrigé l'impératif d'équilibre. Les portraits de Picasso consolaient les types comme moi, atteints de paralysie faciale. Les premiers signifiaient aux seconds que la vie peut s'accommoder de la laideur. Si j'avais vécu dans les temps médiévaux, en plein rêve de Bosch, ma disgrâce serait passée inaperçue.

Je repris la marche dans des ravins argileux, rythmés de vasques claires et de talus crevés. Les ruissellements griffaient la terre et les racines des chênes verts empêchaient la déperdition des sols. En m'écrasant, j'étais devenu sourd d'une oreille et il m'arrivait souvent de perdre l'équilibre. Appuyé à mes bâtons de marche, je regrettais le temps où je vivais en entière possession de mes sens. L'odorat était à moitié perdu lui aussi et je ne humais plus la pleine haleine de la Provence, l'âcreté du ciste et la chaleur du calcaire qui est l'odeur de la lumière. Le soleil dégorgeait ses vapeurs dans les arbres. Cézanne n'avait pas de mérite à avoir nimbé sa Provence de teintes bleues.

Au nord du village en ruine de Montlaux posté sur son éperon de calcaire pourri, la masse de la montagne de Lure apparut obscurcissant l'horizon. Son récif assombri de forêts barrait l'accès aux vallées septentrionales. Avant de jeter mon sac de couchage dans un bosquet de chênes verts je m'allongeai à la lisière et restai une heure à fumer mon tabac hollandais dans une pipe en buis, les jambes lasses. Une cloche battit et la masse de Lure rejoignit la nuit. En cette année du XXIᵉ siècle, cela me semblait bon de pouvoir passer une heure sans rien faire, comme le petit personnage d'un tableau pastoral du XVIIIᵉ siècle.

Le 6 septembre

La montagne de Lure offrait la voie d'accès vers le pays du Ventoux. Il suffisait d'en gagner le sommet et de suivre la crête, plein ouest.

Les hêtraies déjà roussies annonçaient le sommet. Les troncs blancs percés d'orbites, les fourches encrouées donnaient aux hêtres l'aspect des décors du Fantastique allemand. C'étaient les forêts capables d'abriter les créatures de Füssli, la madone de Munch, les cauchemars de Kubin et les squelettes d'Otto Dix. J'aurais pu contempler leurs œuvres allongé dans les feuilles cuivrées si les livres d'art avaient été moins lourds.

Notre-Dame de Lure était une chapelle forestière construite à l'ombre de quatre arbres puissants sur une esplanade bordée d'une masure où vivait Lucien. Je le croisai à la fontaine où il remplissait ses seaux, écartant ses cheveux longs. L'endroit faisait un décor parfait pour chantefable du XIIIᵉ siècle. Il manquait un destrier prenant le frais et son gai cavalier buvant un vin de Provence.

— Lucien ? On m'a parlé de vous à Ganagobie. Vous vivez en ermite ?

— Oui, depuis des années.

— Qu'est-ce qui vous manque ?

— Rien ! J'ai des livres, on m'apporte un peu de nourriture. En ce moment je lis le récit d'un type qui s'est enfermé dans une cabane au bord du Baïkal, pendant quelques mois.

— Je sais, c'est moi.

Il me montra le panneau fixé près du sentier de montagne qui bordait sa maison : « J'accepte le pain rassis et les livres. »

Je persistais à croire que vivre ainsi, à l'écart des grandes voies, ne garantissait ni le confort, ni l'équilibre psychique mais permettait d'échapper au pire : les coups de téléphone et la queue dans les magasins, c'est-à-dire la défaite du temps et de l'espace.

J'offris à Lucien mon exemplaire des *Confessions d'un mangeur d'opium* de Thomas de Quincey et lui dis que son panonceau était un programme de vie. Dix jours auparavant, dans le refuge du Mercantour, j'en avais vu un du même acabit qui proclamait : « Ici, nous n'avons pas le wi-fi mais nous avons le vin. » Ces lieux où l'on continuera à vénérer les substances vitales deviendront des temples dans un futur proche. On s'y rendra, en procession, à la manière des Japonais qui montent sur les montagnes, une fois l'an, rejoindre un autel taoïste sous les cerisiers en pleurs.

J'allai trois jours durant sur l'échine de la montagne. Les chemins me rejetaient tantôt sur le versant nord, tantôt sur le versant sud de Lure, vieille bête couchée. Le calcaire était dur. Parfois, le marcheur est un forçat, cassant son lot de cailloux.

Au lieu-dit « La Fontaine », une vieille dame claudiquait devant un mur non jointoyé. À son bras, un panier de mûres. Elle leva les yeux et c'était le regard que je cherchais, paysan, dur, luisant de vieux savoirs. Elle appartenait à cette catégorie de gens pour qui la santé des prunes est un enjeu plus important que le haut débit.

— Comment vont les choses ? ne trouvai-je qu'à dire.

— Il n'y a plus de noyer ici, dit-elle. Le noyer aime la vie et il n'y a plus personne. De l'autre côté (elle parlait du versant sud), ils ont des champignons.

— Leur chance, dis-je.

— Un malheur ! Les gens accourent de la ville comme des doryphores et cueillent tout, sans distinguer le cèpe de l'amanite ! S'ils me montrent leur récolte, je ne leur signale rien. Qu'ils s'empoisonnent !

Quelle figure que cette sorcière! Elle allait bien avec les ruines de Lure. Elle rasait les murs, tenait des propos de grimoire, faisait de l'inquiétude un état d'esprit, manifestait la vieille angoisse de l'homme sous le ciel. Je remontai sur la crête vers Jeambar et le Ventoux apparut plus proche, comme un sursaut des Alpes qui ne veulent pas mourir au sud et vont pourtant s'effondrer bientôt dans la plaine.

La forêt masquait les restanques. Tous ces efforts pour finir en ruine! Les terrassements témoignaient de la longue présence des hommes en ces versants et de leurs travaux herculéens qui avaient refaçonné le profil des reliefs. À marcher sur les calades bordées de murets, je pratiquais une forme d'archéologie vivante. Il avait fallu des millénaires pour métamorphoser ces pentes en escaliers agricoles. Quelques décennies avaient rendu les déclivités à la broussaille. La force aveugle de l'époque était cette rapidité avec laquelle elle se débarrassait des vieilleries.

La mousse recouvrait les murets. Les ronces étaient la caresse du temps sur les empilements de pierre. Un chêne vert imitait pauvrement les arbres d'Angkor en essayant d'étrangler les murs. Le résultat était modeste. Pourquoi les peintres ne s'étaient-ils pas intéressés aux terrasses abandonnées? Il y avait là toutes les caractéristiques des Vanités du xviiie. Au lieu du crâne humain, de sa fleur et de son sablier, on disposait de la pierre où rampait le lierre. L'appareil symbolique était différent mais le message était le même: tout passe. L'éphémère du mur de pierre était même un peu plus triste. Car si le mur et l'homme étaient promis à la même désagrégation, le travail avait été plus harassant pour édifier le premier que pour reproduire le second.

Le 8 septembre, sur les flancs du Ventoux

Quand j'échappais à une nuit entre les murs d'une auberge, je dormais dans les champs, maigrissais vite. Perdre du poids en marche, c'est laisser un peu de soi à la route. Sitôt les yeux ouverts, je brûlais de partir. C'était un moment que je chérissais dans la vie : les basculements dans l'obsession.

Le Ventoux approchait et je rentrai dans Sault. J'avais choisi de poursuivre par le flanc sud du mont, à l'angle des pentes, au contact du Comtat Venaissin. C'était la fin des jours dans les contrescarpes de la Haute-Provence. Je quittais la citadelle, sortais des zones d'ombre. En bas, les plaines alluviales commençaient, riches, peuplées. Plus loin, à l'ouest, je passerais le Rhône, et retrouverais alors, en plein Massif central, la « campagne abandonnée » du rapport sénatorial. Le Comtat était la plaine riche, le verger gigantesque des papes repeuplé récemment d'Arabes immigrés, de touristes anglais, de Parisiens néoruraux. Restaient quelques cultivateurs provençaux, viticulteurs et maraîchers. À Sault, je buvais mon sirop en méditant sur l'ironie du destin : avoir rêvé une vie de mauvais sujet (mon idole, François Villon, se soûlant aux tavernes et composant sa poésie entre deux amours d'auberge), et se retrouver en balade à siroter du jus d'orgeat avec des gestes de patient de sanatorium.

Je déprimais ainsi, l'œil mi-clos au soleil, quand les tables furent investies de cyclistes américains. Ils avaient soixante ans, ils étaient beaux comme des tennismen, moulés dans des maillots. La langue anglaise les mettait en joie, ils riaient beaucoup et leurs dents étaient blanches. Ils se hélaient d'une table à l'autre, buvaient des vins frais, les gouttes perlaient sur les lèvres des femmes. Non seulement ils savaient vivre mais ils savaient le montrer.

Les agences provençales organisaient les circuits, fournissaient les bicyclettes. Ils étaient des centaines à tourner autour du mont Ventoux avant de se retrouver le soir dans des gîtes fleuris. Au Tibet, les pèlerins tournaient aussi autour des montagnes sacrées, en haillons, avec des regards hallucinés dans des faces de charbon. Au fond, pèlerinages de clochards et randonnées américaines revenaient au même : se désennuyer. L'aveu terrible de Barbey d'Aurevilly conduisait nos existences : «... l'ennui, qui est bien le dieu de ma vie »... Mes voisins luttaient mieux contre la neurasthénie que le dandy normand. Ils jouissaient d'une Provence en Technicolor, pays d'affichiste, avec petits villages flanqués sur des montagnes ocre.

Trop de classe sous cette tonnelle ! J'eus le sentiment d'être mal fagoté. Quand l'Américain débarque quelque part, le Français a l'impression de ressembler au péquenot normand de 1944... Je me levai et partis sans déranger ces beaux animaux roses. Je ne pensais rien de désagréable à leur endroit. Je ne me dis pas que derrière un sourire parfait il y a toujours le masque d'un ogre. Non ! Rien ! Pas de sarcasmes ! En vérité, j'enviais leur gaieté.

Plus loin, au soir venu, je dormis dans une clairière de pins. Une chapelle y était édifiée, au pied de laquelle je fis un feu, et l'immense coiffe de pierre blanche du Ventoux apparaissait dans la trouée des arbres, si haute, si éclatante qu'un esprit non informé l'eût prise pour un nuage dont les rondeurs s'assoiffaient de lueurs. Cette clairière était l'un de ces lieux que les chrétiens avaient prisés, au temps où ils construisaient leurs chapelles là même où les cervidés faisaient depuis longtemps les lits à baldaquins de leurs nuits d'été.

Le 9 septembre, dans le Comtat Venaissin

Les matins étaient difficiles. Il me fallait secouer les mauvais rêves, chauffer les cartilages. Je recourais au principe que j'avais exploité en suivant la retraite des grognards de Napoléon ou des évadés de l'URSS : quand on pense à plus malheureux que soi, on se console.

La combe où je descendis dans l'aube était moussue, ombreuse. Des ruines d'abris de bergers s'appuyaient au pied des parois. Jusqu'aux transhumances de l'avant-guerre, vers le Ventoux, les hommes y parquaient les bêtes. Les nuits dans la tiédeur du troupeau devaient être aventureuses et profondes. Je regrettais de n'avoir pas atteint l'endroit la veille pour y jeter un campement. Je regrettais de ne pas l'avoir atteint il y a mille ans.

Les buis luisaient, cirés de lumière. Les toiles d'araignées cédaient à mon passage, sceaux de virginité du chemin. Les enclos de pierre se succédaient. Ils représentaient les travaux de ces jours où les hommes, marchant dans les forêts, n'étaient pas des *usagers d'espaces arborés.* Ces vestiges rehaussaient la solennité de l'ombre. Le chemin déboucha sur une perspective. Le Comtat se déployait, rayé d'asphalte. La rumeur des moteurs s'élevait. Dans mon dos : le lent aménagement des abris pastoraux. Devant moi : routes et voies zébrant la vallée où circulaient bêtes, hommes et marchandises. Dans le ravin, le monde d'hier. Vers le sud, le présent et déjà l'annonce des zones périurbaines avancées au pied du Ventoux. La conquête du territoire français par ce nouvel habitat avait été rapide. Quelques années suffirent à la chirurgie esthétique de la géographie. En 1945, le pays devait se relever. Redessiner la carte permettrait de laver les hontes de 1940. La prospérité nouvelle assura le projet. L'État logea les enfants du baby-boom. Les barres d'immeubles poussèrent à la périphérie des villes. Puis, il fallut *étaler l'urbanisme*, comme le disaient les aménageurs. Leur expression était logique puisque le béton est liquide. L'heure fut au *désenclavement*. La ville gagnait du terrain. Ce fut le temps des ZUP dans les années 1960, des ZAC une décennie plus tard. Les autoroutes tendirent leurs tentacules, les supermarchés apparurent. La campagne se hérissa de silos. Pompidou était gros et la France prospère. L'agriculture s'industrialisait, les insectes refluaient, les eaux se polluaient. Seuls quelques rabat-joie du Larzac prévenaient du désastre. On les prenait pour des gauchistes, ce qu'ils étaient. On les laissa lire Lénine dans l'humidité des bergeries.

Le septennat de Giscard sonna le deuxième acte. Une loi d'urbanisme autorisa les constructions particulières sur les surfaces agricoles. Le temps des maisons individuelles était venu. Chacun aurait son paradis. Le rêve pavillonnaire moucheta le territoire. Vu d'avion, on aurait dit que le sucrier renversé avait craché ses cubes sur la nappe. Au sol on entendait aboyer les chiens. La maison familiale se répliquait à l'infini. Les enfants jouaient dans les jardins, protégés par les thuyas. C'était tout de même mieux que l'entassement dans les villes.

La décentralisation de Gaston Defferre fut l'estocade. Les collectivités reçurent les clefs de leur développement. Réveillez-vous, Provinces endormies, claironna l'État! Les enseignes d'hypermarchés fleurirent et les petits commerces ne résistèrent pas. Mammouth balaya de la queue les bistrotiers qui offraient le pastis, le matin, aux cœurs assoiffés. Désormais, pour se soûler, il fallait acheter son cubitus en grande surface.

La géographie humaine est la forme de l'Histoire. En quarante ans le paysage se refaçonna pour que passent les voitures. Elles devaient assurer le mouvement perpétuel entre les zones pavillonnaires et le parking des supermarchés. Le pays se piqueta de ronds-points. Désormais les hommes passeraient des heures dans leur voiture. Les géographes parlaient du « mitage » du territoire : un tissu mou, étrange, n'appartenant ni à la ville ni à la pastorale, une matrice pleine de trous entre lesquels on circulait.

Internet paracheva la mue en fermant les dernières écoutilles. Après les Trente Glorieuses, on aurait pu donner aux deux premières décennies du XXIe siècle le nom de Vingt *Cliqueuses*. Les autels de la première période pointillaient la campagne : châteaux d'eau, péages et pylônes. La seconde époque avait laissé moins de traces, se contentant de creuser le vide. Le monde se projetait sur un écran, on pouvait rester à la maison, entouré de « voisins vigilants », comme le proclamaient les dispositifs de sécurité municipale. Parfois, un foyer rural organisait une *tarte aux pommes avec partie de belote* le dimanche, pour ramener un ersatz d'énergie dans les villages dévitalisés. Le « service à la personne » avait remplacé la vieille amitié et la vidéosurveillance garantissait l'ambiance.

Au commencement, les choses avaient dû être enthousiasmantes. Nos parents s'en souvenaient : le pays attendait les lendemains, les jupes raccourcissaient, les chirurgiens remportaient des succès, le Concorde rejoignait l'Amérique en deux heures et les missiles russes, finalement, ne partaient pas – la belle vie, quoi ! Les nourrissons de 1945 avaient tiré à la loterie de l'Histoire le gros lot des années prospères. Ils n'avaient pas écouté Jean Cocteau lançant cette grenade à fragmentation dans son adresse à la jeunesse de l'an 2000 : « Il est possible que le Progrès soit le développement d'une erreur. »

Mais les feuilles au 25 000e étaient d'un secours précieux. Elles offraient leurs chemins noirs pour sinuer entre les récifs de coraux morts. L'essentiel dans la vie est de s'équiper des bonnes œillères.

Le producteur de jus de cerise avait installé sa caravane à l'entrée de Bédoin, j'en achetai deux litres que je sifflai trop vite.

— Il y a encore des transhumances à pied ? demandai-je.

— Vous plaisantez ? Les bergers sont des bourgeois ! Ils montent en camions, ils ont la télévision dans leurs cabanes !

Au-delà de Bédoin, je gravis des versants caillouteux vers le col de la Madeleine. Un silence brûlant montait de la terre. Ce moment où même les insectes se taisent...

Je me soutenais avec l'ombre, les mûres, un peu de vent frais, des souvenirs climatisés. Au lieu-dit de « La Combe Obscure » revinrent les images de mes séjours ici, vingt ans auparavant, quand je venais faire de l'escalade sur la falaise de calcaire compact qui bordait le chemin, par-dessus les chênes. Un soldat en pantalon de treillis descendait à fond de train.

— Escalade, dis-je ?

— Oui, là-haut !

Il fit un vague geste, il avait l'accent timide.

— Légion, dis-je ?

— Oui.

— D'où êtes-vous ?

— De Lettonie.

Il repartit et dix minutes plus tard c'était le reste du groupe qui débouchait, en colonne. Des Asiatiques, des types aux yeux clairs, d'autres aux cheveux crépus et certains, très grands, qui venaient des îles. Ils s'effacèrent pour me laisser monter. Les légionnaires, hommes du monde.

Je continuai vers Malaucène, dégringolant les chemins de pierre dans la forêt, et remontai vers le col de la Chaîne. La forêt filtrait le soleil en tisserande et je traversai les rais avec l'impression de me laver le visage à chaque explosion de clarté.

Le corps lâchait un peu. Quarante kilomètres étaient trop pour un squelette. La Provence m'était une duègne cruelle. Qu'avait-elle à voir avec les représentations azuréennes que les Américains de tout à l'heure poursuivaient au guidon de leurs bicyclettes ? S'ils avaient lu Giono, ils ne seraient pas venus. Le pays n'était pas conforme aux images de *To Catch a Thief*. Alfred Hitchcock avait composé un diaporama publicitaire de villages perchés. Le romancier de Manosque, lui, faisait rendre gorge de son venin au pays. Sa Provence grinçait dans le vent, gémissait sous le pied. Le caillou y affleurait, dur. L'eau y était rare, la nature cannibale. Le climat avait l'orage ou la canicule à offrir à une végétation d'épines. Les bêtes se dévoraient, mandibules en avant. La Provence ? Un oursin.

Cette nuit-là, sur le tombant sud-ouest du Ventoux, des scolopendres visitèrent mes rêves. J'avais déjà depuis les nuits de Lure des morsures à la pliure des coudes. J'entendis les bêtes fouiller l'obscurité. Les sangliers, les renards patrouillaient. Puis ce fut un ballet d'hélicoptères. Les appareils de l'escadron de chasse d'Orange menaient leurs entraînements nocturnes, ils rasaient le col, travaillaient le stationnaire et plongeaient sur le versant de Malaucène. Tigre ? Fennec ? Je ne savais pas reconnaître les modèles au bruit des turbines. Avec leur système de détection, ils voyaient mon corps allongé sur le sol. Mais un mec qui dort par une nuit de demi-lune est bien inoffensif pour un hélico à l'exercice.

Le 10 septembre, à Séguret

Les hélicos étaient partis, les bêtes avaient repris des allées et venues plus discrètes. Les uns allaient remettre de l'ordre dans le chaos de l'Orient. Les autres essaieraient de se maintenir sur un territoire où l'homme, coiffé d'une casquette, les tolérait pour pouvoir de temps à autre leur flanquer un coup de chevrotine.

Les vautours étaient en chouf dans le ciel déjà blanc quand je me mis en marche. J'avais passé une bonne nuit, le nez dans le thym et, en une heure joyeuse, j'atteignis une échancrure dans une échine calcaire : le « Pas du Loup ». Les mûres faisaient baisser ma moyenne kilométrique. Je m'arrêtais à chaque buisson. La gourmandise faisait saigner mes mains. Le danger de se faire griffer pour la jouissance d'un fruit me rappelait quelque chose : une histoire d'amour. C'était le seuil d'une journée de plein feu estival, sans autre impératif que d'avancer un peu. Sans quiconque à informer, sans réponse à donner. Une journée dehors, c'est-à-dire à l'abri.

Au pied de la colline du Cheval Long apparurent les premières vignes sulfatées, industrielles. La terre entre les plants était une surface uniforme, désherbée : la steppe après le passage de la cavalerie gengiskhanide. Les grappes étaient lourdes de grains identiques, dopés de chimie. Ces vignes-là étaient parfois lardées de parcelles où des herbes folles poussaient entre des pieds moins conformes : celles-là étaient des vignes d'appellation biologique, sans traitement chimique. Elles offraient un vin qui rendait les matinées moins douloureuses au buveur. Un vin à faire boire sans crainte aux petits enfants.

Plus bas, passé Rasteau, je traverserais la grande plaine limoneuse, le sillon alluvial du Rhône, offerte par Dieu aux hommes pour que le *vrai Français* puisse se torcher au gros rouge.

De loin, le village de Séguret s'acculait à une lame calcaire, tel un douar de l'Atlas. C'était le poste idéal pour surveiller l'ennemi. Le huguenot hier. Qui demain ? Le mahométan comme au Xe siècle ? Séguret occupait un haut poste à la pliure des Préalpes. La plaine à fruits du Comtat commençait. Sablet, au pied de la butte, était déjà un verrou agricole, rassemblement de propriétaires plutôt que fort de défense. Des filets d'eau sourdaient du contact. Près de la « source des fées », une couleuvre cherchait de l'humidité. Elle s'enfuit à mon arrivée, lentement d'abord parce que son ventre raclait le chemin puis elle fusa dans les herbes, une fois libérée de l'abrasion. Les chênes truffiers portaient des panonceaux destinés à décourager les pilleurs : « Interdit de truffer ». Depuis le Mercantour, je notais la propension de l'homme à placarder ses injonctions. Chaque lisière portait ses « chasse gardée », « propriété privée », « accès interdit » et même « dernier avertissement ». L'homme avait su aménager la nature, la grillager, *l'anthropiser*, disaient les géographes. L'évolution était une drôle de chose. En trente mille ans, elle avait conduit une race de chasseurs-cueilleurs à multiplier les réflexes de petits propriétaires.

Je dormis à Séguret dans la maison d'une tante chérie qui m'accueillit comme une mère. Elle avait vécu longtemps dans les îles sous le vent et avait rapporté de ces années l'art de savoir vivre sous les pergolas. La sienne donnait sur la plaine au pied des rochers et on voyait les méandres du Rhône, à cinquante kilomètres, se marbrer de soleil. Vers l'ouest, par-delà le fleuve, l'orage grondait au-dessus des Cévennes. C'était la prochaine éminence à relever ; elle me paraissait pour l'instant une citadelle de mauvais augure.

Le 14 septembre, vers le Rhône

C'étaient les pleines vendanges, la terre suait sa folie. Les vignes rendraient bientôt en gaieté ce qu'elles avaient raflé en lumière. Des Espagnols s'affairaient dans les rangs : les brigades du rouge. Un ouvrier fumait, en bottes, sur le bord du chemin détrempé par les tornades de la veille.

— Hola ! ça marche la vendange ? dis-je.

— Bon argent ! sourit-il.

Au début de l'après-midi, je fis la sieste, le cul sur mon sac pour éviter la boue, adossé à la vigne. Et je me réveillai, pensant que je donnais la parfaite image de l'identité de la France : un type ronflant au pied d'un cep. Me juchant sur les hauteurs de l'Aygues, par l'ancien castrum de Cairanne je laissai Sérignan à vingt kilomètres au sud. Jean-Henri Fabre s'était installé en ce village en 1889. Naturaliste (il ne voulait pas qu'on l'affublât du nom d'entomologiste), il s'était reclus dans un jardin où il acclimata des espèces tropicales, des arbres précieux et des insectes baroques. Il laissa s'épanouir une friche, *harmas* en provençal et, dans son cabinet de curiosités, aligna les coquilles, épingla des papillons, s'adonna à l'étude. Pendant trois décennies il herborisa, courut les flancs du mont Ventoux, étudia l'évolution des espèces, collectionna les fossiles, aima les bêtes et composa d'inoubliables « souvenirs entomologiques » sur une petite table de bois. Leur lecture m'avait appris qu'on pouvait s'ouvrir au monde dans le secret d'un jardin, fonder un système de pensée en regardant les herbes, passer à la postérité protégé de la rumeur du monde et développer une philosophie totalisante qui ne propulsait pas l'homme au sommet de toute considération. Un insecte est une clef, digne de la plus noble joaillerie, pour ouvrir les mystères du vivant.

Mon cœur se serrait devant de tels penseurs. Ils avaient déployé leur vie à l'ombre de leurs cèdres. Ils consentaient parfois à une grimpée sur les pentes d'une montagne pour capturer un coléoptère. Pour le reste, ils restaient chez eux. Ils nous rappelaient que trop de courses autour du monde étaient vaines. Pourquoi passer une vie à cavaler ? Que rapporte-t-on de ces gigues ? Des souvenirs et beaucoup de poussière. Le voyageur rafle les expériences, disperse son énergie. Il revient essoufflé, murmure «Je suis libre», et saute dans un nouvel avion. Depuis que j'étais tombé, j'avais la tentation du *harmas*. Deux mille cinq cents ans avant le vieux fou des garrigues, un Grec avait révélé que l'art de gouverner sa vie s'apparentait à celui de conduire un domaine agricole. Xénophon avait fait de son *Économique* un manuel du commandement, maquillé en bréviaire agronomique. Vous vouliez le pouvoir? Vous n'aviez qu'à cultiver une terre! À six heures du soir, je m'assis au bord du talus qui surplombait l'Aygues et regardai la vallée. Des bâtisses du xviiie siècle s'enchâssaient dans un damier de vignes. Les cyprès tenaient leur garde noire devant les murs de galets.

Les propriétaires de ces domaines disposaient d'un pouvoir plus effectif que le président de la République.

Les premiers présidaient aux destinées concrètes d'un petit royaume. Le second, responsable des masses, lançait des vœux abstraits, censés orienter le cours d'une machine plus puissante que lui : l'Histoire. Le pouvoir d'un président consistait à se faufiler dans le labyrinthe des empêchements.

Un propriétaire terrien pouvait défendre comme il l'entendait sa forêt d'une attaque de xylophages. Le chef de l'État, lui, se voyait reprocher d'employer des mesures extrêmes quand le pays se trouvait menacé.

En matière de gouvernement, la modestie d'une ambition assurait son accomplissement. La limite de l'exercice du pouvoir garantissait son efficacité. Et l'efficacité était la substance du pouvoir. «Je veux tout ignorer de mon impuissance», disait le président. «Mon domaine est mon royaume», répondait le propriétaire. «Je veux ce que je ne peux», bégayait le chef de l'exécutif. « Je ne peux que ce que je connais », murmurait le maître des lieux.

Et pendant que l'un s'occupait de conduire ses récoltes et ses bêtes ; l'autre s'illusionnait de régir l'inaccessible, de peser sur l'irrépressible.

Récemment, le chef de l'État français s'était piqué d'infléchir le climat mondial quand il n'était pas même capable de protéger sa faune d'abeilles et de papillons (Fabre en aurait pleuré).

Comme les rois déments des contes allemands, coiffés d'un chapeau à grelots, abusés par les magiciens, les chefs des États globalisés erraient en leurs palais, persuadés que leurs moulinets de bras redessineraient l'architecture des sociétés hypertrophiées aux commandes desquelles ils étaient arrivés par la grâce des calculs et se maintenaient par la vertu des renoncements. La politique d'État était l'art d'exprimer ses intentions. L'*Économique* du domaine agricole, celui d'incarner des idées dans un espace réduit. C'était la leçon de Xénophon.

N'ayant pas de domaine, je tentais d'être souverain de moi-même en marchant sur les chemins. J'évitais le goudron, dormais parfois dehors. C'était là ce que je pouvais.

Je me remis en route et atteignis Mondragon comme la nuit se jetait sur la vallée du Rhône.

Le petit hôtel où j'échouai était peuplé de vendangeurs. Nous dînâmes dans la salle commune devant la télévision. L'avantage de ma semi-surdité était que le volume se trouvait déjà baissé. Je n'entendais pas ce que disait la dame de BFM : elle semblait paniquée à l'idée de laisser passer quelque chose. J'avais dans mon sac *L'Identité de la France* de Fernand

Braudel dont je lus l'introduction en lapant le bouillon. Pour l'historien, la France procédait d'un « extravagant morcellement » humain et paysager. Braudel tenait le pays pour une anomalie. Faire voisiner sur le même territoire (sous le même drapeau) les mangeurs de pistou et les dentellières de Cambrai relevait du miracle. Une grâce avait permis la coexistence des contraires physiques et de leur incarnation psychoculturelle : le calcaire et le granit, les phoques et les scorpions, les parpaillots et les catholiques, les petits Savoyards et les bergers landais, Maurras et Jaurès. Le destin normal de pareilles associations était la guerre civile. Deux mille ans de craquements s'étaient pourtant résorbés dans l'unité (au prix, certes, de quelques heurts). Une tentation caressait les gouvernants contemporains de choisir ce qui leur convenait dans le magasin de l'Histoire. « Le droit d'inventaire », disaient-ils dans un langage de chef de rayon.

Le vieux Fabre dont je venais de quitter le pays avait inventé une expression à verser aux méditations de Braudel. Il décrivait les couches fossiles du territoire comme la « pâte des morts ». Nous vivions sur la compression de milliards d'animalcules digérés par le temps et dont la stratification avait composé un substrat. La France impossible était comme le calcaire : issue d'une digestion. Le lent ruminement d'idées contraires, de climats opposés, de paysages inconciliables et de gens dissemblables avait malaxé une *pâte* viable. Pour Braudel, là était l'identité : dans l'*amalgame*, ce mot superbe. Il avait nécessité des dizaines de siècles.

Ma nuit fut horrible. L'idée du pays diffracté en même temps qu'uni chassait mon sommeil. L'établissement avait beau s'appeler « Le repos du Roy », les camions firent trembler les murs en carton de ma chambre à trente euros qui donnait sur la nationale.

Le 15 septembre, par-dessus l'Île Vieille

Une journée dans les flaques. L'aube était humide, j'allais vers le Rhône et chacun de mes pas collait à la boue. Sur les alluvions de l'Île Vieille qui me séparait du Rhône je longeais des roselières d'où nulle créature ne s'envolait. Pas un frou-frou, pas un sifflet. Les plumeaux végétaux se balançaient dans le vent d'est avec des grâces de métronome. Je traversais des vergers. Les vendangeurs étaient encore au travail. Je pensais à la « pâte » de France. À l'endroit même où je marchais étaient passés en un claquement de siècles des chasseurs du magdalénien, les éléphants d'Hannibal cheminant vers Rome, des huguenots assoiffés de sang provençal et une procession d'ancêtres ruraux – soldats de l'Empire ou vacanciers *popu* – pédalant sur la nationale 7. Aujourd'hui, le long du fleuve filaient des routes asphaltées, le TGV et l'A7. Des joggeurs à oreillettes enfoncées à la gorge me saluèrent et je devinai le panache de fumée des installations nucléaires de Pierrelatte. Une centrale atomique, le souvenir d'Hannibal : c'était là l'accumulation braudélienne, une compression d'images sur un même arpent de terrain. « L'espace a été inventé pour que tout ne se trouve pas au même endroit », écrivait dans son journal de 2012 cette vieille chouette de Peter Sloterdijk qui avait toujours l'air d'avoir été tiré de son sommeil par ses propres pensées. Il aurait pu dire la même chose du temps. Le temps n'était pas aussi compact que la

« pâte des morts » de Fabre. La succession des événements ne laissait pas d'empreintes aussi mêlées que les fossiles dans une couche calcaire. Il fallait deviner les vestiges du passé en fouillant le sol, en regardant les paysages, en détaillant certains visages.

Les chemins noirs dont je tissais la lisse avaient cette haute responsabilité de dessiner la cartographie du temps perdu. Ils avaient été abandonnés parce qu'ils étaient trop antiques. Ce n'était plus considéré comme une vertu.

3

DES CHEMINS NOIRS

Le 16 septembre, vers le Bas-Vivarais

Le Rhône était en rut, nourri de récents orages. Je passai le fleuve à Pont-Saint-Esprit. Coup d'œil aux rapides, vers l'aval. Comment firent les éléphants pour traverser pareil courant ? On avait arraché ces pauvres bêtes rugueuses à leur méditation dans les savanes pour les ruer contre César. Qu'est-ce qu'un pachyderme, perdu dans sa mélancolie, pouvait avoir à faire du sort de l'Empire ? Je pris le pont du XIIe siècle et me retournai une dernière fois pour me ficher le sommet du Ventoux dans le souvenir. Je ne voulais pas oublier que la géologie avait élevé ses autels au-dessus de la plaine avant que les hommes ne l'imitent avec leurs clochers, sous lesquels ils se persuadaient qu'un Dieu extérieur à sa propre création s'était essayé à la géotectonique.

De l'autre côté, rive droite, je remontai le cours de l'Ardèche. La crue donnait à la rivière la couleur du caramel. Deux jours durant, je longeai le crêt des gorges ou m'enfonçai dans la forêt de la rive droite vers Vallon-Pont-d'Arc. Le premier soir, un déluge s'abattit. Les averses du sud de la Loire sont habituellement courtes mais celle-ci ne faiblit pas jusqu'au lendemain. La forêt était sombre, les arbres ployaient des échines essorées. Je pensai aux bêtes sans terrier, errant sous les ruissellements du bois de Laval. Plus exactement je pris soin de trouver refuge dans une maison forestière en ruine avant de leur adresser ma pensée – il ne faut tout de même pas exagérer avec la compassion. La pluie ne cessa pas. Je partis vers une auberge de Labastide-de-Virac quand la nuit se décida à tomber dans la forêt.

Le 17 septembre, dans les bois de Païolive

Les jours suivants consistèrent à me frayer le plus possible un chemin noir. Le pays était moins peuplé, l'exercice plus aisé. Le soir, je calculais combien de temps j'avais réussi à me tenir sur le réseau des pistes oubliées. J'avais parfois la satisfaction d'y cumuler plus des trois quarts du kilométrage. Je fis cap vers le mont Lozère en visant Les Vans. Les pluies avaient emporté le pont du ruisseau de Lantouse, près de Vallon-Pont-d'Arc, et je me souvenais de la question que nous nous posions souvent, au Népal, devant les ponts arrachés par les rivières de mousson : allait-il falloir s'infliger quatre jours de marche pour passer de l'autre côté ? Ici, dans la géographie de France, pareille déconvenue ne rallongeait la route que d'une poignée de kilomètres. C'est l'avantage des petits pays aménagés comme des jardins japonais. Je restai sur la rive gauche et dans les hauteurs boisées de chênes kermès, sur un chemin empierré, je croisai deux vieux Autrichiens très chics, genre Stefan et Lotte Zweig à la promenade avant le suicide. Lui en veste de tweed ; elle, coiffée d'un fichu de soie crème. Ils transportaient du bois dans une brouette ; même les bûches étaient impeccablement rangées. Leur ruine, restaurée à la perfection, s'élevait en contre-haut, coiffée de tuiles romaines.

— Après l'évacuation, dit-il (je supposai qu'il désignait l'exode rural), tout le monde est venu acheter une ferme ici, les Belges, les Anglais... et nous.

Il m'indiqua d'un doigt ligneux un raccourci vers le col de Cize à travers la chênaie et je cheminai tout le jour par-dessus des barres calcaires, appelées « serres » en Ardèche. Le hameau abandonné de Chastelas occupait un versant au-dessus de la plaine agricole. Une broussaille démantibulait des linteaux et fissurait des appareils de maçonneries intacts.

Dans les villages, je vivais des heures parfaites. La fontaine à l'ombre du tilleul, le banc adossé au mur de l'église : il y avait là les éléments de la halte tels que Hesse ou Hamsun les disposaient pour leurs promeneurs poétiques. Sur le chemin du plateau de Païolive, où le limon retenait chaque pas, je croisai l'un d'eux : un vieux type en treillis coiffé d'une casquette kaki. Une silhouette comme celles que je cherchais ! Un type en train de battre la campagne sur ses propres pistes. Une ombre maigre et libre sur un chemin noir !

— Vous ressemblez à Fidel Castro passant la revue dans les champs de tabac, dis-je.

— Sans le cigare, dit-il.

— Non, mais vous avez la casquette, et puis il y a ça ! dis-je en montrant des cultures que je n'identifiais pas mais qui n'auraient pas déparé à Cuba.

— Du sorgho ! dit-il. Quand je suis revenu de l'usine, ils avaient mis ces nouvelles cultures. Pendant la guerre, nous cultivions du tabac clandestin.

— Il faut enlever le sorgho et remettre le tabac, dis-je.

— Ouais !

Il me dit « Salut ! » et reprit sa promenade à grandes enjambées rythmées par la succion de la boue. Et moi à petits pas car j'avais peur de glisser et c'était l'heure du soir où les os de mon dos commençaient à crier grâce. Je savais pouvoir leur demander encore une heure ou deux de sursis avant la halte. À ce moment de la journée, la même pensée me pinçait le cœur. Son poinçon était douloureux et fugace : « Vingt ans à jouer sur les crêtes pour aller désormais à un rythme de vieille dame. » J'appelais ma déconvenue *l'ironie du sport*.

Je me retournai pour voir la silhouette du vieux chemineau progresser vers l'aval du ruisseau. Il allait vite, le brigand ! N'en déplaise à Charles Maurras, chantre du *pays réel* opposé au *pays légal*, marcher sur les chemins noirs permettait la découverte d'un pays mêmement illégal et irréel. Illégal parce qu'on pouvait dormir devant un feu de bivouac interdit et qu'on rencontrait des types bizarres – des errants, des romanos, quelques gueules paysannes et des mecs encore un peu sauvages qui usaient d'une langue singulière et acceptaient d'entendre tout. Irréel parce que les fantômes y croisaient.

Les fantômes ce soir-là reposaient dans la forêt de Païolive que j'atteignis par un plateau karstique où des nuées de moucherons formaient des cumulus de protéines au-dessus des herbes. Un chaos de blocs de calcaire peuplait la forêt au-dessus du Chassezac dont le cours sinuait entre deux falaises rongées de grottes. Les blocs, hauts de cinq mètres, se dressaient dans une défense de buis. Le soleil faisait luire les roches. Un esprit porté à la songerie aurait vu dans ce troupeau un peuple soudainement pétrifié alors qu'il était en train de gagner le rebord de la falaise pour s'y jeter.

— Arrête de rêver, Tesson, la nuit tombe.

Cédric Gras m'avait rejoint la veille, dans le village de Vallon-Pont-d'Arc, et nous avions cheminé tout le jour en silence. Je le connaissais depuis dix ans, je lisais ses livres et il avait supporté mon goût pour les jurons russes, l'alcool fort et les nuits compliquées qui résultaient de la conjonction des deux penchants. Il avait travaillé pendant ces dix dernières années en Russie, que nous considérions comme une seconde patrie, à cause de sa géographie et de quelques-uns de ses habitants. Nous nous étions perdus dans les forêts de l'Extrême-Orient russe, nous avions bu de la bière dans la mairie de Donetsk défendue par les séparatistes russophones et nous avions réussi quelques escalades impréparées. Il ne me reprochait jamais mon amateurisme en alpinisme car lui-même s'était fracturé la jambe à six mille mètres d'altitude dans le Karakorum et avait dû la vie au double effort d'un second de cordée italien et d'un pilote d'hélicoptère pakistanais. Sa conception des relations humaines ne mesurait jamais la valeur d'un sentiment à la fréquence de son expression.

Nous fîmes le feu ce soir-là sur le rebord de la falaise, en contre-haut de Chassagnes. Des rapaces coupaient l'air. Toute la nuit, le vent fit claquer nos tentes avec ce bruit des voiles qui réveillent en sursaut les marins pas sérieux, endormis pendant leur quart. À minuit, Gras, régulé comme une chauve-souris, se prit à parler.

— Vois-tu, nous voyageons, nous courons le monde et nous ne comprenons rien à ce chaos de blocs.

— Le marcheur n'est pas digne de ce qu'il foule, dis-je.

— Il y a une scène dans *Les Cosaques* de Tolstoï. Un vieux soldat emmène dans la forêt de jeunes cadets russes sortis de l'école militaire. Ce sont de brillants officiers. Ils ont leurs diplômes, leur science, leurs médailles mais ils ne voient pas les traces des bêtes au sol, ils ne déchiffrent rien des signes du vent dans les arbres. Et le vieux a ce mot : "Ils sont savants mais ils ne savent rien !"

— C'est nous, dis-je.

— Mon vieux, la ruralité que tu rabâches est un principe de vie fondé sur l'immobilité. On est rural parce que l'on reste fixé dans une unité de lieu d'où l'on accueille le monde. On ne bouge pas de son domaine. Le cadre de sa vie se parcourt à pied, s'embrasse de l'œil. On se nourrit de ce qui pousse dans son rayon d'action. On ne sait rien du cinéma coréen, on se contrefout des primaires américaines mais on comprend pourquoi les champignons poussent au pied de cette souche. D'une connaissance parcellaire on accède à l'universel.

— "L'universel, c'est le local moins les murs", dis-je. Tu connaissais cette phrase de Miguel Torga ?

— Non, dit-il. Nous, nous sommes modernes. Nous passons.

Et nous finîmes même par nous endormir.

Le 18 septembre, dans les Cévennes vivaraises

Nous cherchions les chemins noirs. Nous allions sur des sentiers où affleuraient des plaques de roche blessée de lumière et buvions l'eau de pluie dans les vasques calcaires. Nous convoitions les pistes des sous-bois. Il fallait être attentifs, ne pas manquer le départ des sentiers. Parfois le soleil lustrait le rocher et nous nous allongions dans les reflets de cire, jouant les chats, offerts à la lumière, étirant les muscles.

Gras marchait vite, je peinais derrière lui. Mais chaque jour pourvoyait à une amélioration de mes fonctions physiques. Parfois c'était la souplesse que je sentais revenir, un autre jour le souffle était moins court et aujourd'hui je n'avais pas souffert de la moindre douleur dans le dos. Pour l'instant la guérison me garantissait un sentiment contre-nature : l'impression d'une reconquête quotidienne, comme si le processus de démolition biologique de la vie s'était inversé et que j'allais rajeunir jusqu'au jour où, la guérison achevée, la mécanique se renverserait à nouveau et où je recommencerais à me sentir vieillir, signe que je serais parfaitement rétabli.

Nous fûmes assoiffés et dans une ferme vide nous soulevâmes le couvercle d'un puits. Nous dérangeâmes un scorpion noir fier, superbement cuirassé, les pinces dressées – un petit dieu. Sa force ? Il savait parfaitement ce qu'il faisait. Il disparut dans l'ombre du puits. Étaient-ce les fractures de mon crâne qui m'avaient donné une étrange acuité pour déceler les arachnides ? Aucun médecin ne m'avait signalé que les chocs au cerveau développeraient pareille disposition. Depuis ma chute, je voyais davantage de réduves, de scolopendres. De chauves-souris aussi. Jusqu'alors, fidèle à la culture romantique et lecteur de Lovecraft, je les tenais pour les bêtes du cauchemar. À présent je n'en avais plus aucune peur et me prenais même à les aimer. Elles vivaient dans les ruines, elles se tenaient dans l'ombre. Elles étaient les sentinelles des endroits que je cherchais. Pinces en avant et mandibules en garde : les paladins des chemins noirs.

Nous marchions l'oreille tendue. Il était difficile d'échapper à la rumeur de la route. Les temps nouveaux déplaçaient l'homme, lui enjoignaient de circuler et le mouvement constituait la caractéristique première de l'organisation des sociétés. Au village-monde, chacun attendait son tour pour la valse musette. La bonde avait été ouverte, le courant augmentait, nous étions le limon d'un fleuve en crue. Il arrachait les berges, se nourrissait d'un matériau de plus en plus mobile, et dont chaque élément paraissait remplaçable par un autre que lui. Qui endiguerait l'Amazone?

Les historiens avaient inventé des expressions pour classer les époques de l'humanité ; l'âge de la pierre, l'âge du fer, l'âge du bronze s'étaient succédé, puis les âges antiques et féodaux. Ces temps-là étaient des temps immobiles. Notre époque consacrait soudain un « âge du flux ». Les avions croisaient, les cargos voguaient, les particules de plastique flottaient dans l'océan. La moindre brosse à dents faisait le tour du monde, les petits Normands partaient au djihad pour poster des vidéos sur YouTube. Les hommes dansaient sur l'échiquier. Ce tournis avait même été érigé en dogme. Une culture se devait à la circulation et aux contacts si elle voulait une chance de se voir célébrée. L'ode à la « diversité », à l'« échange », à la « communication des univers » était le nouveau catéchisme des professionnels de la production culturelle en Europe.

La crise de Parkinson de l'Histoire portait le nom de mondialisation. La traduction de ce phénomène dans nos vies quotidiennes mettait à notre disposition fruits et légumes tropicaux dans l'épicerie la plus modeste d'une campagne en marge. Une question venait alors : pourquoi n'acceptait-on pas qu'un voleur de pommes s'introduise dans un verger et pourquoi permettait-on à une mangue du Brésil de trôner dans une épicerie de l'Ardèche ? Où commençait l'infraction ?

Comme la planète était promue théâtre de la circulation générale des êtres et des marchandises, par contrecoup les vallées s'étaient vu affliger de leurs grand-routes, les montagnes de leurs tunnels. L'« aménagement du territoire » organisait le mouvement. Même le bleu du ciel était strié du panache des longs-courriers. Le paysage était devenu le décor du passage.

La ruralité s'instituait en principe de résistance à cet emportement général. En choisissant la sédentarité, on créait une île dans le débit. En s'enfonçant sur les chemins noirs, on naviguait d'île en île. Depuis un mois, je me frayais passage dans l'archipel.

Au village des Vans, le garçon derrière le zinc me servit la question habituelle. Ma réponse était invariable : « Du Mercantour... et je vais au plus loin que je puisse... vers la Manche peut-être. » Le jeune homme eut alors cette phrase qui sonna à l'esprit géographique de Gras : « Si vous marchez bien, vous dormirez ce soir sur le granit. »

Il avait raison ce limonadier ! Le basculement des univers eut lieu à Brahic, à six cents mètres d'altitude. Les maisons de granit étaient couvertes de lauzes de schistes. Des châtaigniers se postaient en lisière, signalant le changement. C'en était fini des armoiries de Provence – calcaire, olivier et tuile romaine. À partir d'ici, nous changions d'héraldique. À l'est, nous laissions l'esprit de l'air traversé de soleil : la Provence. Ici, sur les pentes du massif volcanique, l'esprit d'un très vieux feu dormait sous les bogues.

Dans la montée forestière, crissaient les feuilles des châtaigniers. Le goût des jours ne serait pas le même sur le rivage de granit que nous venions de toucher. Je me savais influencé par la géologie. Le calcaire, le schiste, la lave dictaient mes humeurs. Certains croient à ce principe, d'autres le nient. «Il n'est rien de commun entre la terre et moi», écrivait Lamartine dans «L'Isolement». Comme elle se trompait, la chère âme! Ce mot était un vers de poète à lavallière. Il était normal qu'un romantique dessouché de sa colline mette l'*idée de nature* au-dessus de la nature. Sous les châtaigniers, je sentais combien Lamartine avait tort. L'air se chargeait d'une nouvelle âcreté; elle me pénétrait jusqu'aux moelles.

La ligne de crête de la Serre de la Barre filait plein ouest. Nous allâmes au 270°, sur une piste d'accès forestier. Puis nous reliâmes les chemins noirs dans des taillis coupés court, perdant de l'altitude. Parfois, il fallait tricoter des jonctions sur le goudron. C'était alors une défaite, la preuve que je n'avais pas réussi à me maintenir sur mes lignes de fuite, soit qu'il n'y en eût pas, soit que la fatigue me fasse couper par le plus facile. Dans la forêt surplombant le village de Villefort, nous dormîmes près d'un petit feu qui éclaira joyeusement le soir trop court. Je regardais les flammes avec le sentiment d'avoir emporté une manche contre le sort : je n'avais presque plus mal au crâne en soufflant sur les braises.

Le 19 septembre, vers le mont Lozère

Les collines se succédaient. Le mont Lozère était la mire. Nous traversions ici les territoires où les éleveurs menaient bataille contre la broussaille. En langage campagnard ces efforts s'appelaient «ouvrir le paysage». La steppe mongole, le matorral, les hautes prairies de Lozère étaient le résultat de cette patiente rage de la bête domestique à lacérer la végétation. Les troupeaux semblaient infatigables mais les générations n'oubliaient jamais que la broussaille est une houle. Si les bêtes reculaient, la friche revenait. En France, depuis 1970, des millions d'hectares anarchiques avaient recolonisé le pays : l'étoffe dont s'habillaient les chemins noirs.

Dans les bois qui surplombaient le village de Cubières, nous croisâmes quatre chasseurs. Ils pesaient dans les cent kilos chacun. Ils marchaient sur la piste forestière, fusil au coude. L'un d'eux portait un triple menton et une seule battue ne lui serait pas suffisante pour éponger la graisse. Tuer des bêtes mieux affermies que soi ne résolvait pas l'embonpoint.

— Vous devriez avoir des tenues fluo pour éviter les accidents, nous dit le premier d'entre eux.

En somme, on nous réprimandait, ce qui agaça Gras.

— Messieurs, dit-il, selon une habitude contractée en Russie d'user d'une langue châtiée devant les abrutis, nous sommes confus de vous contraindre à exercer votre sens de l'observation.

— Ironique ? dit le type.

— Pas d'autres armes, dit Gras.

Un jour où nous naviguions sur la rivière Bikine, au nord de Vladivostok, je l'avais entendu lancer à des Russes qui s'insultaient à grand renfort de *putain de bite de mes couilles* : «Messieurs, je vous prie de cesser de jurer», ce qui avait davantage estomaqué les types qu'un coup de knout en travers de la gueule.

Le 20 septembre, vers le Gévaudan

Une piste gagnait de l'altitude sur le flanc nord du mont Lozère. Elle se nommait « route des chômeurs » et avait été construite en 1936. Nous aimions le caractère soviétique de cette appellation.

— Même nous autres, Français, avons été capables de grands efforts collectifs! dit Gras.

Sur la crête du mont, nous allâmes à franches foulées, en plein vent, coupant la lumière et les herbes anémiées. C'était une atmosphère dédiée à la marche; nous étions prêts à ne jamais nous arrêter pour peu que la piste ne quittât pas la crête. Mais la géographie ne se maintient jamais comme on la rêve, sauf dans les plaines russes où l'uniformité étanche notre besoin d'ordonnancement. Le mont Lozère s'effondra. Il fallut redescendre, quitter la dorsale frontalière entre le sud protestant et les terres catholiques.

Pendant deux jours, nous passâmes par des causses sur lesquels des ruines à faire pitié – à faire envie, peut-être? – balisaient le chemin. Nous avancions légers sans nous préoccuper de rien que de trouver le chemin et soucieux d'y goûter les fruits offerts au regard : un noisetier, le vol d'un grèbe, une grange de pierres sèches. Nous nous contentions de cela. Nous nous extirpions du dispositif.

Le dispositif était la somme des héritages comportementaux, des sollicitations sociales, des influences politiques, des contraintes économiques qui déterminaient nos destins, sans se faire remarquer. Le dispositif disposait de nous. Il nous imposait une conduite à tenir insidieusement, sournoisement, sans même que l'on s'aperçût de l'augmentation de son pouvoir. Il existait un petit ver, la douve, qui infectait les fourmis et contrôlait leurs mouvements, pour les contraindre à l'immobilité sur un brin d'herbe afin qu'elles s'offrent en pâture aux herbivores, qui devenaient alors les nouveaux hôtes du parasite. La douve était le dispositif de la fourmi. Les puces au silicium étaient nos propres douves. Chacun de nous portait son parasite, de son plein gré, sous la forme d'un de ces processeurs technologiques qui régulaient nos vies. Les Papous se transmettaient une vision du monde où le domaine des esprits se mêlait à la réalité. C'était leur dispositif. Le nôtre pourvoyait à notre confort, notre santé et notre opulence alimentaire, mais nous inoculait son discours et nous tenait à l'œil. Nous recevions ses informations, sa publicité, nous répondions à ses injonctions, il nous accablait de ses sommations, diluées dans le brouhaha. Le discours du dispositif était un dispositif. Sur les chemins noirs, nous nous enfoncions dans le silence, nous quittions le dispositif. La première forêt venue proposait une cache. Les nouvelles y étaient charmantes, presque indétectables, difficiles à moissonner : une effraie avait fait un nid dans la charpente d'un moulin, un faucon faisait feu sur le quartier général d'un rongeur, un orvet dansait entre les racines. Des choses comme cela. Elles avaient leur importance. Elles étaient négligées par le dispositif.

Dans les villages, nous faisions des siestes éclair, près des fontaines où les pouvoirs publics annonçaient des « eaux non contrôlées ». Nous franchîmes des ravins de marne bleue lacérés par les pluies et des fonds de vallée investis de lacs au bord desquels pique-niquaient les familles. Les chemins languissaient dans les vallonnements. Nous passâmes une nuit au sommet du talus boisé qui surplombait Mende et c'était un délice au matin, en entendant la ville se réveiller, de savoir que nous échappions à sa rumeur et avions glané une nuit de plus à l'air libre. Dans une trouée de la vie.

Gras me disait ses voyages dans les forêts de Sibérie. Il était parti traverser l'Extrême-Orient russe à pied, du nord au sud, de manière que sa descente accompagnât la progression de l'automne vers les basses latitudes[1]. Escortant l'entrée des forêts dans l'hiver, il assurait le service mortuaire des arbres. Je lui déroulais ma théorie des saisons : jusqu'à l'automne, les forêts étaient des masses indistinctes où l'œil aurait été en peine de distinguer un arbre de son voisin. Soudain, l'automne arrivait, allumait ses flammèches. Tel arbre au cycle plus court s'embrasait. Ici ou là dans le couvert, des touches de feu s'individualisaient. Un arbre devenait un être distinct. Puis il s'éteignait pour l'hiver.

À Barjac, une plaque sur le mur du cimetière :

« Passant, arrête-toi et prie, c'est ici la tombe des morts. Aujourd'hui pour moi, demain pour toi. »

Le souvenir de ma mère défunte me murmurait confusément ce genre de choses. Sa pensée m'escortait par des jaillissements nés d'une vision : pourquoi le souvenir des disparus est-il lié à des spectacles anodins comme une branche oscillant dans le vent ou le dessin de l'arête d'une colline ? Soudain, les spectres surgissent. Pendant quelques mois, j'avais porté une bague à tête de mort qu'on m'avait retirée après ma chute. L'inscription latine gravée au revers du crâne disait la même

1. Cédric Gras, *L'Hiver aux trousses*, Stock, 2015 ; « Folio » n° 6100, 2016.

chose que la plaque de Barjac : « Je fus ce que tu es, tu seras ce que je suis. » J'avais tardé à me pénétrer de cette évidence que les Romains inscrivaient à l'entrée de leurs cimetières. Décidément, j'avais deux millénaires de retard. Il était criminel de croire que les choses duraient. Les matinées de printemps étaient des feux de paille. Voilà longtemps que je ne m'étais pas trouvé exactement tel que je le désirais : en mouvement. Je jouissais de me tenir debout dans la campagne et d'avancer sur ces chemins choisis. Noirs, lumineux, éclaircis. C'était la noble leçon de Mme Blixen devant le paysage de sa ferme africaine : « Je suis bien là, où je me dois d'être. » C'était la question cruciale de la vie. La plus simple et la plus négligée.

Nous contournions les « trucs », comme disaient les vieilles gens, buttes stratifiées perçant la surface des causses. Le terroir mêlait l'intelligence des installations villageoises à la douceur des reliefs. À Veyrac nous crevions déjà de soif ; le village était vide car les paysans étaient à la traite et nous ne trouvâmes nulle fontaine. À Chasserans, elle était tarie et nous avisâmes un vieux fermier.

— La fontaine ne donne plus, monsieur ?

— Les paysans sont les rois maintenant. Ils font ce qu'ils veulent. Ils ont coupé la source de mon enfance ! Pour leurs vaches.

Il tendait un doigt accusateur vers une batterie de tracteurs sous un hangar de tôles. L'ensemble formait un temple à la mémoire des Trente Glorieuses. Notre vieux guide ne semblait pas prendre en compte que le vent avait tourné, même pour les propriétaires.

— Ils ont des primes, ceux-là ! À deux, ils possèdent le village !

— Mais vous ? dis-je.

— Nous, nous vivions de petits élevages de cinquante ou cent brebis, d'un potager et de la chasse. Ma mère leur a tout vendu.

Il nous invita sur le seuil de sa maison, nous versa deux litres d'eau et nous lança : « Adieu. » En une seule halte, nous avions passé la revue des récents chapitres de la campagne française.

Il y avait le vieil archiviste gardant l'entrée de la grotte aux souvenirs. Plus loin, les bâtiments de la prospérité pompidolienne sous les poutres desquels les paysans ruinés pouvaient à présent se passer la corde au cou. À la sortie du village, une ferme inoccupée dont la meilleure fortune serait de se voir achetée par un Anglais prêt à cultiver du quinoa.

Nous gagnâmes un replat ourlant le nord du plateau des Hermets. En bas, une ferme s'avançait sur le rebord d'un décrochement. Dans la vallée, les lumières de Marvejols tapissaient la nuit. La lune éclairait le Gévaudan, au nord. Elle croisa mollement au-dessus de la vallée. Nous fîmes un feu de bois de ronces et pensâmes aux petites filles que la bête raflait derrière les congères au XVIIIe siècle. Puis nous ronflâmes près des braises après nous être promis de nouveaux voyages. Le lendemain, Gras rentrait en Russie avant d'embarquer à bord d'un bateau biélorusse pour une mission antarctique. Ses chemins noirs à lui.

Le 22 septembre, l'Aubrac

Je visais le cœur du Massif central, pays des secrets villageois, des écrivains bizarres, des futaies du mystère, des roches magmatiques et des bêtes du diable. Ici, on pouvait effacer ses traces. Il me fallait monter vers le nord en maintenant l'écart avec la lèvre occidentale de la Margeride où s'étirait une blessure, l'autoroute « Méridienne ». J'allais plein de confiance car s'il était une région de France où je pensais trouver des possibilités de chemins noirs, c'était là.

Mon espérance fut payée de retour sitôt quittée Marvejols. À l'ouest du village, s'étendait le plateau de La Cham, quadrillé de murets granitiques, verrouillé de bories. Leur réseau encadrait de minuscules parcelles d'herbages. Très vite, la pluie tomba et je me perdis dans un labyrinthe dont les minotaures n'étaient que de belles vaches à longs cils.

En bien d'autres bocages, sur la plupart des causses, le remembrement avait massacré ces quadrillages. À Antrenas, la propriétaire d'une ferme m'expliqua que le chantier de l'A75, en 1975, en avait emporté les derniers vestiges. Le socle de La Cham subsistait, à l'écart du grand axe. La patronne m'ouvrit la porte de sa grange où tambourinait l'averse. À la lueur de la frontale, je partageai mon pain avec quatre chats maigres qui me remercièrent de mon invitation à dîner en me garantissant une nuit sans souris.

Chaque matin, le soleil escaladait une barrière de nuages et peinait à passer la herse. À midi, c'était l'explosion. L'Aubrac, cravaché de rayons, me projetait en souvenir dans les steppes mongoles. C'était une terre rêvée pour les marches d'ivresse. Sur le plateau, je traçai une ligne droite, escaladant les clôtures (honte au Parisien !), traversant les troupeaux. Parfois, un bloc reposait, seul, au milieu d'un champ ou au sommet d'un mamelon. J'y voyais le dé d'un jeu mégalithique oublié par un géant. Ce n'était qu'un affleurement granitique. Même le velours des vaches captait gracieusement la lumière. Dans l'Aubrac, on regroupait ces bêtes sous une appellation que je croyais réservée aux peuples d'Asie centrale et à laquelle je regrettais de ne pas appartenir : « race des grands espaces ». Je saluai les « fleurs d'Aubrac » à gestes éperdus. Le ciel roulait un air de gaz pur, lavé par les pluies de la nuit, premiers essorages de l'automne. Les herbes claquaient, électrocutées de vent, le soleil tournait et les rafales, chargées de photons, épluchaient mes idées noires, emportaient les ombres. Je passai les marais, montai sur les puechs, et arrivai au village des Bruyères après des heures dans la soûlographie du paysage. Un vieillard à l'œil inquiet, appuyé sur sa canne, s'hébétait au pied d'une croix de granit. Il était défiguré comme moi par une paralysie faciale. Et il sembla reconnaître une proximité dans ma disgrâce car il m'adressa la parole comme si nous étions familiers. Nous devisâmes face à face.

— J'ai vécu à Paris, dit-il. J'étais bougnat, chez un Auvergnat qui tenait un bistrot rue Diderot.

— Ah oui, les caves à charbon…, dis-je.

L'homme donnait des coups de canne dans la terre à chaque phrase, comme Paul Léautaud pendant ses entretiens. Vlan ! Vlan !

— Puis j'ai travaillé aux Halles. Je suis rentré ici à la retraite. Mes fils aujourd'hui élèvent des vaches.

— Cela marche pour eux ?

— Je ne crois pas, Vlan ! Vlan ! mais ils ont raison car ils sont revenus.

À la sortie du village, un panneau indiquait : « danger milieu rural ». Était-ce pour précautionner l'automobiliste ou pour prévenir le citadin revenu aux champs de la difficulté qui l'attendait ?

Je descendis vers le cours de la Truyère par un versant raide. La retenue des années 1960 avait inondé la vallée et la pièce d'eau exhalait sa clarté métallique. Un pont suspendu reliait les rives et je gagnai Pierrefort à la nuit tombante pour dormir dans une forêt escarpée à l'entrée de la ville. Ce fut une nuit étrange où je crus dix fois rouler au bas du versant, une nuit de rêves en pente. Pareille journée me comblait où j'avais échangé trois phrases avec un gardien de calvaire, épuisé mes forces sur un plateau de lumière et n'avais touché le goudron qu'à la nuit tombante. Une journée à verser au crédit de la disparition désirée, antidote contre la servitude volontaire.

Le 25 septembre, la Planèze

Quelque chose n'allait plus. Ma mauvaise humeur était née de la lecture du quotidien *La Montagne* – où n'écrivait plus Alexandre Vialatte – devant des tasses de café noir qui réparaient mon insomnie dans le bistrot de Pierrefort. « Le numérique est une opportunité pour renforcer l'innovation », disait l'article. Cela commençait mal : personne ne savait ce que signifiaient des trucs pareils. Mais tous les élus de la région applaudissaient. Ils s'étaient réunis en congrès à Murol, ils préparaient la connexion de leur campagne. Ils mettaient en place le dispositif. Le journal annonçait : « Le très haut débit au secours de la ruralité. » Ciel ! pensais-je, les voilà sauvés par cela même qui faisait clore les boutiques. « Ceux qui s'installent ici demandent le haut débit avant l'école », expliquait le maire d'un village dans l'interview, et il se félicitait par contrecoup de l'ouverture prochaine d'un « collège tout numérique ». Le nom de Mermoz serait donné à l'établissement. Personne n'ajoutait que le demi-dieu de l'Aéropostale qui avait réparé son avion pendant quarante-huit heures sur un piton des Andes avec une clef à molette n'aurait pas eu grand-chose à carrer du *haut débit*. Personne n'ajoutait que tendre des *écrans* entre soi et le monde n'a jamais rien arrangé.

Trop de café, trop de journal, trop de promesses d'un monde meilleur, trop de cette mousse acide que les matins font naître dans le clapot des bistrots. Il fallait repartir dissoudre l'amertume à grands battements de pas. Et se dire que le haut débit était une solution fort acceptable à condition qu'il se résumât à celui des tonneaux percés d'un coup de hache dans les caves de Bourgogne.

Je pestai tout le jour contre le ciel trop bas où seuls semblaient se plaire les rapaces traquant le campagnol, contre la versatilité des chemins. Construire de savants itinéraires sur la carte pour buter sur des impasses mourant dans les labours me faisait écumer. L'IGN maintenait sur les feuilles les anciens tracés cadastraux accaparés par les paysans. Les propriétaires ne se cachaient plus de prendre leurs aises avec l'administration et d'avaler les chemins dans les confins de leurs parcelles. Sur les pentes qui menaient au col de Prat de Bouc, je montrai la carte au fermier qui machinait sa clôture.

— Ce n'est pas un accès privé, dis-je, en lui désignant la trace que je cherchais.

— Vous ne trouverez pas ces chemins, ce sont de vieilles cartes.

— Non, c'est l'édition de cette année.

— Ce sont de vieux chemins alors. On les a modifiés.

Je m'arrêtai vers midi aux calvaires, à leur pied, à leur ombre. Je me livrai à ces exercices d'assouplissement que les kinésithérapeutes appelaient « la position du mahométan », consistant à allonger les muscles du dos en se prosternant, assis sur les talons. La densité des croix augmentait en ces plateaux. En ville, les admirateurs de Robespierre appelaient à une extension radicale de la laïcité. Certains avaient milité pour la disparition des crèches de Noël dans les espaces publics. Ces esprits forts me fascinaient. Savaient-ils que les croix coiffaient des centaines de sommets de France, que des calvaires cloutaient des milliers de carrefours ? Dans les forêts, dans le creux de certains troncs, au fond des grottes même, des statuettes de saints voisinaient avec les araignées nocturnes. Il arrivait aux alpinistes d'attacher leurs cordes à des Vierges de plomb scellées dans le granit pour descendre en rappel du sommet des aiguilles. Par chance, les adorateurs de la Raison étaient trop occupés à lire Ravachol pour monter sur les montagnes avec un pied-de-biche. Si j'affectionnais ces fer-blanteries de la foi, ce n'était pas tellement que je crusse dans la fable morose d'un Dieu unique, ni que je regrettasse le pouvoir des curés. Mais je n'aimais pas qu'on s'en prenne à ce qui était debout. En outre, parmi tous les symboles inventés par l'homme pour illustrer ses contes, je ne trouvais pas que la croix et les Vierges de grands chemins fussent les pires. Il ne fallait pas s'échiner à déraciner les choses si l'on n'avait rien à replanter à la place. C'était un principe que le moindre agent de l'Office national des forêts aurait expliqué savamment à un agnostique.

4

LES OMBRES NOIRES

Le 28 septembre, monts du Cantal

À Murat, je ne fus plus seul. Humann vint me rejoindre. Après le départ de Gras, un peu du vent de la Russie soufflait à nouveau près de moi. De tous les amis, Arnaud Humann était le seul à ne pas tricher avec les amarres. Il les avait vraiment coupées et, sans base arrière, vivait depuis trente ans en Sibérie. Il avait fait sien le principe du voyageur sans bagage, ne disposant pas d'un rouble, mais accumulant un trésor de souvenirs. À chacun de ses retours en France, il s'éberluait de voir son propre peuple se persuader de rayonner sur le monde. Ses amis des taïgas étaient peut-être des brutes mais au moins n'avaient-ils pas d'autres ambitions que de passer l'hiver au chaud. Cela donnait des êtres moins pétris de considérations universelles, mais des convives capables de conversations plus simples et des soirées plus gaies. Cela prémunissait des jérémiades en cas de bourrasque. Pendant deux décennies, Humann avait sillonné avec une inexplicable obstination les rivages du Kamtchatka, le delta de l'Amour, les taïgas de Yakoutie et les glaces du Baïkal. Il s'était marié au bord de la

Léna avec celle qu'il appelait Taniouchka et avouait qu'il était passé de *l'autre côté de la ligne*. Avec cela, une démarche d'ours et les yeux fort bleus.

Il m'accompagnerait quelques jours à pied et c'était grande excitation de sillonner l'agencement délicat des terroirs français pour lui qui avait l'habitude des paysages où l'immensité écrasait tout espoir de variation. Nous quittâmes Murat, village de pierre noire, et montâmes quinze kilomètres vers le sommet du Plomb du Cantal. Là-haut, la mer de nuages ravit Humann. Il aimait ce qui camouflait le monde : les nuages, la distance, la vodka. Nous redescendîmes à la station de ski de Super Lioran. Les installations balafraient les versants. Elles ne dépaysèrent pas Humann, habitué aux aménagements des espaces naturels par le génie soviétique.

Pourquoi fut-ce à quatorze heures ? Et pourquoi là plutôt qu'ailleurs ? Nous étions paisiblement assis dans l'herbe à l'ombre des bâtiments de béton de la station de ski et nous déjeunions d'un quignon lorsque monta en moi une envie de mourir. Ce fut lent, pareil à un maléfice pointant à l'horizon. C'était une tache noire qui envahissait l'être comme l'encre de la seiche ennuage l'eau de mer. Plus tard, revenu à moi, je me souviendrais d'une amie de Val-d'Isère qui me racontait avoir traversé l'Atlantique en voilier, s'être mise à l'eau au milieu de l'océan et avoir vu un (inoffensif) requin-baleine monter des profondeurs. Elle était restée subjuguée, privée du moindre réflexe. L'ombre que j'avais sentie naissait de mes propres tréfonds, comme une bête, mais pas comme une belle créature marine : comme une bête affreuse. C'était l'épilepsie, le mal noir.

Les fractures de mon crâne favorisaient ces crises. Dans le camion de pompier qui m'emportait à Aurillac, je reprenais mes esprits et vis la bonne tête d'Humann penché sur moi pendant que le véhicule faisait ses embardées.

— Tu as convulsé dans les herbes, dit-il.

— Cela ne dure jamais longtemps.

— Trente minutes, tout de même.

— Pas beau à voir…

— Pas agréable, non.

— C'est parce que nous sommes dans un pays de lave, dis-je, il y a le feu contenu sous le basalte. Le sol pulse de mauvais rayonnements. L'épilepsie était fatale en terre volcanique.

— Encore une explication valable…, dit Humann.

Le 29 septembre

Je passai une nuit à l'hôpital d'Aurillac et fus rendu à la liberté à dix heures du matin par les neurologues. L'urgence s'imposait à moi de reprendre la marche, de conjurer l'ombre et de gagner la mer pour balancer du haut des falaises les poisons de cette chute survenue une année en arrière. Je sommais les chemins noirs de me distiller encore un peu de leur ambroisie. La somme de ce que j'exigeais d'eux s'augmentait. Je leur avais demandé de m'ouvrir les brèches d'une France rurale, d'apprendre à me cacher, de me remettre en branle. À présent, il leur fallait dissiper les encres de l'épilepsie. Ainsi confirmais-je le caractère magique de cette marche d'où il ressortait que seul son terme pouvait sonner le recouvrement total, et que tenir ses promesses était le meilleur remède.

Les médecins n'avaient pas formellement interdit de reprendre la marche mais n'avaient pas non plus ardemment conseillé de le faire. Les médecins sont parfois des diplomates hors pair. De mon côté, j'avais pensé à Vialatte : « L'escargot ne recule jamais. » Les phrases sont des prescriptions pour les temps difficiles.

Un taxi nous ramena de l'hôpital à l'endroit où j'avais perdu conscience. À midi, nous nous engageâmes sur le chemin de grande randonnée du Pas de Peyrol et marchâmes sept heures, jusqu'à la nuit, sur un plateau balisé de troupeaux et de burons isolés. L'air était fou et arrogant. Le vent distribuait ses gifles dans les herbes, décoiffait les chevaux blonds et affolait le ciel. Les monts du Cantal fermaient le paysage en une longue sinusoïdale. Eux étaient stables. Sorti de l'obscurité neurologique, je me sentais vivant parce que j'étais en route. Un sentiment d'une pureté parfaite. Nous fîmes halte dans un bois où la pénombre se flécha de raies. Humann était l'ami parfait, il dressa un bivouac idéal pour cerveau secoué : douceur de la mousse, lumière préraphaélite, dîner sur les souches et amitié des chouettes qui hululaient déjà. Nous nous endormîmes à la lueur de leurs yeux.

Le 30 septembre, à travers l'Artense

Une seule nuit sèche et tiède sous des arbres assez vieux avait opéré son miracle. Je me réveillai au pied d'un pin, gonflé d'une excitation nouvelle. L'arbre fait-il percoler un peu de sa force dans l'organisme de celui qui dort à son pied ?

Après tout, on gagnait à rester dans le voisinage de certains êtres. Peut-être en allait-il de même avec les arbres ?

Nous passâmes des heures à ouvrir et à refermer des clôtures pour nous frayer passage dans les champs. Les rats taupiers regagnaient leurs galeries. Les rapaces les tenaient à l'œil. Les conifères maintenaient la fraîcheur. Les chemins fuyaient dans les forêts mixtes, entre les haies de pierre. L'automne avait remporté sa victoire sur les fougères : elles saignaient déjà. Elles étaient les premières à avouer que la fête était finie ; les arbres, eux, tenaient encore. Le granit affleurait, couvert de mousse, ce qui avait suggéré aux offices du tourisme, jamais avares d'analogies, d'appeler la région « la petite Scandinavie ». Nous traversions pourtant des villages silencieux sans rencontrer aucune Suédoise en minishort.

À Condat, un deuil national aurait été déclaré que l'atmosphère n'eût pas été plus lourde. Qu'était-il arrivé en cinq décennies à ces petits lieux-dits ?

— On croirait que les Russes arrivent, dit Humann.

Traverser ces villages donnait l'impression de passer la revue des façades en berne. Ce qui n'était pas fermé était à vendre, ce qui était à vendre ne trouvait pas acquéreur. Les monuments aux morts portaient les noms glorieux et il nous semblait que les quelques vivants vaquant dans les rues auraient pu s'ajouter à la liste. Les commerces florissants étaient les salons d'esthétique. « Quand le navire est abandonné, autant se faire une dernière beauté », semblaient proclamer ces vitrines. Au moins le narcissisme alimentait-il l'économie. Nous étions là au cœur du pays perdu, dans les zones grises de « l'hyper-ruralité ». Les habitants de ce désert se persuadaient que Paris ne les entendait pas. Un peuple avait vidé les lieux dans un exode récent. En Australie, le pompile, somptueuse guêpe à cuirasse rubiconde, pond son œuf dans une mygale vivante que la larve dévorera de l'intérieur en grandissant. Le triple dispositif de l'économie glorieuse, de l'agriculture industrielle et de l'urbanisme triomphant avait été le pompile des campagnes.

Une idée m'inquiétait : et si l'épilepsie naissait de l'irruption de la mélancolie ? Je disais à Humann qu'il nous fallait vite retrouver un chemin bordé d'arbres, nous rejeter sous les futaies, rejoindre un cours d'eau, sortir des zones livides.

Étais-je en train de virer nostalgique ? Humann en était persuadé.

— Tu es gâteux, me disait-il.

— Et après ? lui répondais-je.

Était-il indigne de penser qu'un village avec flonflons d'orchestre et meuglement de bestiaux contenait davantage de poésie qu'une rue ventée où clignotaient des enseignes de manucures ? J'avais été jusqu'alors l'ennemi de la pensée passéiste. Craignant la ringardise, j'avais considéré la nostalgie comme une maladie honteuse, pire que la cirrhose du foie, laquelle passait encore pour le prix des nuits joyeuses. Je me forçais à croire que la «France des collines», décrite par le géographe Pierre George, était un souvenir ou – pire – un rêve. Chaque innovation se devait d'être heureuse. J'avais d'ailleurs un argument imparable : on trouvait dans Horace, Rousseau, Nerval et Lévi-Strauss la même déploration de la course du temps, preuve que la nostalgie n'était qu'un bégaiement sénile, le regret d'avoir perdu ses vingt ans. Le talent consistait au contraire à s'enthousiasmer des soubresauts de l'époque. Regardez Cocteau ! Il avait allumé de nouveaux brasiers, applaudi les éruptions. Mais les derniers mois m'avaient changé et cette courte marche dans le décor du pays avait accéléré la réforme. Je n'aurais plus honte désormais de m'avouer nostalgique de ce que je n'avais pas connu. Je me savais un goût pour l'odeur du tanin, les faces rouges et les longues tables de bois sous les charpentes des granges. J'aimais la substance des choses, la musique des objets, la promesse des soirées piquées de lampions. Et ce chant-là du monde, je ne l'entendais pas en ces corridors. Était-il malséant d'établir une hiérarchie entre les choses ? De préférer la France de Roupnel – fût-elle fantasmée – aux alignements des maisons mortes ?

Passé la Dordogne, nous frappâmes à la porte d'une ferme pour demander de l'eau. Sur la table de bois, on nous servit le café et Humann parla à notre hôte de la Russie des forêts, harassée par l'hiver. Le fermier, lui, racontait cette histoire que j'avais entendue déjà : une enfance à la campagne, une vie à la ville et le retour, sur les vieux jours, dans le pays presque effacé. La porte s'ouvrit.

— Mon fils, dit notre hôte.

Un type en bleu nous salua en silence, embrassa son père. L'ampoule à nu balançait au bout de son fil, éclaboussant d'ombre les visages.

— Vous voyez, j'ai été le fils puis le père d'un paysan, dit le vieux.

Entre les deux, la parenthèse d'une vie. « Dans mon enfance, on vivait avec quatre ou cinq vaches. On faisait trois saint-nectaire par jour. Ils en font cent cinquante aujourd'hui. »

Je n'avais pas mené l'étude nécessaire à comprendre la mécanique de ces phénomènes ni ne disposais de la puissance intellectuelle pour les analyser. Mais je pressentais que notre hôte soulevait là un point crucial. Le sentiment de ne plus habiter le vaisseau terrestre avec la même grâce provenait d'une trépidation générale fondée sur l'accroissement. Il y avait eu trop de tout, soudain. Trop de production, trop de mouvement, trop d'énergies.

Dans un cerveau, cela provoquait l'épilepsie.

Dans l'Histoire, cela s'appelait la massification.

Dans une société, cela menait à la crise.

Le 3 octobre, par le pays d'Ussel

Humann me quitta à Ussel, il repartait vers ses amours russes. Le dernier mot de lui sur le quai : « Je ne dois pas rater l'Ussel-Irkoutsk de quatorze heures cinquante. » Je poursuivis vers le nord par les bois et les pâtures. Dans la forêt, l'étape fut sans repos. Les hérons s'envolaient en craquant aux lisières. Je marchai six heures durant. La pluie me chassait vers l'avant ; elle tombait dru, il n'y avait pas beaucoup d'air entre les gouttes. Dans le village de La Courtine, les gendarmes m'arrêtèrent.

— Nous allons vous demander vos papiers, s'il vous plaît.

« Diable ! La maréchaussée est devenue fort aimable », pensai-je en farfouillant dans mon sac. Les deux factionnaires tinrent à me conduire au petit hôtel, deux cents mètres plus loin. J'étais gêné de détourner le service public aux fins privées de mon propre loisir. Et pour la deuxième fois, après un trajet dans le camion des pompiers, je me trouvais convoyé dans un véhicule officiel. La patronne de l'établissement me regarda d'un mauvais œil. Aucun taulier n'apprécie les clients débarqués d'un fourgon.

Les tirs d'entraînement que j'entendis le lendemain, dans la forêt, expliquaient le zèle des gendarmes. Le camp militaire de La Courtine déployait ses vallons enchantés quoique interdits aux personnes étrangères au service. On y devinait l'existence des salamandres, des chouettes effraies et de toute bête capable de se cacher au premier coup de mortier de 120 mm.

Souvent, je me couchais dans les champs pour dormir. La pluie ne me réveillait pas tout de suite. J'ouvrais l'œil quand les habits détrempés me glaçaient les os, preuve de la qualité du sommeil dans les labours. À travers la Creuse, j'errais dans un état d'ébriété sèche. Les médicaments contre l'épilepsie m'abrutissaient. S'y ajoutaient les doses de colchicine pour les complications cardiaques et les produits pour calmer les douleurs des jambes. J'avais foutu le feu à ma vie, brûlé mes vaisseaux, sauté pour échapper à l'incendie et à présent je traînais sur les chemins une inflammation générale que la médecine contenait. « Tâchons de ne pas tomber à l'eau, pensais-je en passant les ponts sur les ruisseaux, cela évitera à la région une pollution chimique. »

Le 5 octobre, sur le plateau de Millevaches

Ce furent des jours mélancoliques, moins fouettés de photons qu'en Provence, moins portés par l'ardeur de passer les montagnes. Couronnant les croupes d'un relief timide, des châteaux aux volets clos ressemblaient à des décors du *Grand Meaulnes* pour cousines rougissant derrière les coutils. Je trouvais des chemins paisibles dans les collines. Les chevaux dans les champs accouraient à mon passage, signe qu'ils ne voyaient pas grand monde, et venaient rafler un instant amical à leurs heures solitaires. Les vallons étaient humides et chauds : les sexes du relief. Des crapauds veillaient dans les replis. Le vent se levait, froissait la forêt. Je balançais entre les vues campagnardes dignes des planches de Vidal de La Blache et les villages désertés. Dans les rues vides, je posais la question du naufragé quand il se réveille en pleine eau sur une planche de bois : où est passé tout le monde ? Je traversai Magnat-l'Étrange dont le nom m'aimanta, bien que l'endroit eût pu s'appeler Magnat-le-Délaissé.

Parfois, sur ces monts chauves, une boulangerie résistait à la saignée. La boutique cumulait les fonctions d'épicerie, de bureau de poste et de débit de tabac. Certaines boulangeries n'étaient pas mieux approvisionnées qu'un commerce moldave des années soviétiques : une boîte de thon, un bocal de cœurs d'artichauts, des fraises Tagada, des piles R4. À Cugnat, à dix heures du matin, la marchande était au téléphone : « Non, je n'ai plus de pain, je n'ai plus qu'une tourte. » C'étaient des conversations de pénurie !

Il existait sur les atolls polynésiens des comptoirs de ce genre où les populations de vagabonds des mers, descendus de leur rafiot, venaient se jeter un rhum et s'enquérir des affaires du monde. Ils en profitaient pour acheter un bidon d'huile de moteur et quelques mètres de cordages. Ici, dans le Limousin, l'ironie tenait à ce que ces postes de survie étaient financés par l'Union européenne. Le drapeau de l'UE flottait sur les mairies aux volets clos. Les équarrisseurs du vieil espace français s'occupaient à recoudre le cadavre de la campagne dont ils avaient contribué au trépas.

Le 7 octobre, par la Haute Marche

Parfois, je quittais les forêts pour trois ou quatre kilomètres de marche sur la route, entre deux écheveaux de chemins noirs. Les automobilistes faisaient un signe de la main comme pour épousseter une saleté sur la route, ou pire : ils klaxonnaient. C'était injuste, car le moteur à explosion n'avait installé sa suprématie sur la marche à pied que depuis une date récente. Aussi le piéton aurait-il dû jouir de la préséance historique.

Dans les granges, les ballots de foin étaient déjà rangés pour l'hiver. Ils s'alignaient en blondes et grasses roues. Ils me faisaient rêver à des festins de pâtisseries orientales. À Mourzines, je dormis furtivement sur les marches de l'église avant de chercher un bistrot où me jeter un viandox puisque je n'avais plus le droit de me fouetter les attelages à coups de schnaps.

Adieu la mousse ! Adieu le vin ! Ma vie à l'eau ! Dans les bars dont je poussais la porte, les habitués me dévisageaient, jamais hostiles, mais trahissant un léger étonnement. Était-ce ma gueule en biais ? Mon accoutrement ? J'étais le type qui demandait un bouillon, avec son sac à dos, sa bouche de travers et ses bâtons de marche, le touriste, en somme. Et lorsque j'annonçais être « de Paris » au monsieur devant sa bière qui me posait la question, je sentais le vieux sarcasme paysan pour le citadin, que celui-ci lui rendait souvent en mépris. Alors, je regrettais ces jours de Toscane en compagnie de la baronne Beatrice von Rezzori, propriétaire d'une exploitation d'oliviers au nord de Florence. Une fois, j'avais emmené Beatrice en auto jusqu'au pressoir du village où venait l'heure de passer à la machine les tonnes d'olives de Santa Maddalena. Beatrice, très au fait de sa production d'huile, surveillait les étapes et se trouvait aussi à l'aise au milieu des paysans, à onze heures du soir, qu'elle devait l'être à la table des ambassadeurs. Ce dont j'étais témoin dans l'odeur doucereuse des filets aurifères, c'était ce cousinage entre les princes de la vie et les paysans de la terre, cette fraternité d'enluminure pas encore fracturée par la lutte sociale. Un rêve romantique en somme.

Le 9 octobre, dans la Creuse

À grands pas sous le ciel qui s'ouvrait. J'avais contracté une habitude, instaurée en rituel et que je recommande à tout marcheur des taillis. En déboulant devant un pré bordé par une forêt, je gueulais ce cri de ralliement destiné à un dernier carré : « Qui guette à la lisière ? » Et parfois, je débusquais un chevreuil apeuré, un faisan, un lièvre ou un échassier qui décollait malhabilement, preuve que mon appel n'était pas vain et que le royaume était encore gardé, en ses orées, par des sentinelles vaillantes. Les lisières sont des remparts entre les empires.

Je traversais Hérat, charmant hameau, peuplé de Hollandais occupés à fleurir des balcons. J'avais tenu Hérat pour le nom d'une cité de l'ouest de l'Afghanistan, où des femmes s'étaient immolées par le feu afin d'échapper à l'enfer coranique. Je me dis que la toponymie était une science étrange, distribuant le même nom à des lieux-dits charmants et des cités maudites. Raisonnons mieux : peut-être étaient-ce les hommes qui ne mettaient pas la même grâce à se créer les conditions du bonheur selon la loi qu'ils se choisissaient.

Un homme en chapeau de paille me salua de son jardin. Il était d'Amsterdam : « On s'installe ici car il n'y a plus personne. Il reste dans le village une vieille dame abandonnée à qui nous faisons la cuisine. » Quelle leçon ! Ces protestants du Nord trouvaient le moyen d'appliquer les vertus de la social-démocratie aux confins de leur retraite. Leur programme aurait pu s'intituler : *Humanitaire et résidence secondaire*.

Les forêts se doraient, que le sorbier ponctuait de rouge. Les pommiers croulaient sous les fruits. Leurs contours japonisaient la rousseur des orées. Le vent arrachait des paillettes aux arbres des fossés. Elles tombaient en copeaux, motifs de Klimt. J'aurais donné un doigt de pied pour cheminer de concert avec un professeur de l'école du Louvre qui m'aurait dispensé à chaque coup d'œil un cours d'histoire de la peinture du paysage. Pourquoi les peintres européens avaient-ils mis si longtemps à quitter leurs ateliers pour planter les chevalets dans les paysages ? Pourquoi avaient-ils tardé à convier le monde dans leurs œuvres ? Il est probable que recevoir dans sa soupente de jolies modèles prêtes à poser nues prédispose à rester chez soi.

Les motifs religieux avaient longtemps été les seuls autorisés par le pouvoir. L'homme médiéval appartenait à Dieu, la peinture exprimait le sacré. La Renaissance avait libéré l'inspiration. Les Flamands avaient peint leurs campagnes. Bruegel avait fait des patineurs et des petits canards le sujet de ses toiles. Avant lui, certains artistes avaient tout de même contourné les impératifs de l'Église en inventant la *veduta* : ils ménageaient dans une scène sacrée une fenêtre par laquelle se déployait une perspective sauvage. Des Vierges à l'Enfant se trouvaient assises sous des croisées dans l'enchâssure desquelles serpentaient des rivières. Un maître de la Renaissance italienne, Berardino Luini, avait représenté côte à côte la Vierge Marie et sainte Élisabeth tenant respectivement sur leurs genoux un énorme Enfant Jésus et un petit saint Jean-Baptiste grassouillet. Le groupe se tenait devant une forêt luxuriante dont on entendait presque froufrouter les ramures. J'imaginais que le Christ aurait bien aimé s'échapper avec son camarade pour aller jouer aux Indiens dans les fourrés. Nouveau ressort de la fuite sur les chemins noirs : échapper aux conventions, passer par la *veduta*, rejoindre les forêts dans l'arrière-plan.

La cassure que j'attendais arriva à quelques kilomètres au nord du village de Vigoulant. Une dernière pente menait à la pliure du terrain puis la plaine naissait. L'horizon offrit ses promesses, le ciel couvrit toute la terre, bienveillant. Je passai du Limousin au Centre, de la Creuse à l'Indre. C'en était fini des bastions de granit entaillés par des ravins ombreux où incubaient les présidents de la République. Je m'extrayais du Massif central. Oh, ce n'était pas encore la France royale, la plaine seigneuriale et les chasses giboyeuses de la Loire. Mais déjà un Berry plat et béni. Les fronts paysans seraient moins soucieux, la terre moins âpre, la ronce moins vigoureuse et les serpents moins sûrs de leur droit. À partir de là, j'infléchirais ma route vers le nord-ouest pour viser le Cotentin, quittant la stricte géographie « hyper-rurale » des rapporteurs gouvernementaux. Si j'avais voulu m'y conformer, j'aurais poussé vers l'Ardenne, par l'Allier, la Nièvre et l'Yonne. Trouver les chemins noirs dans une campagne plus modernisée et jacobine compliquait le jeu. Il faudrait mieux scruter les lieux pour y repérer les caches.

L'espace ouvert m'éperonnait d'une vigueur nouvelle, le relief déterminait mes humeurs, en vertu d'un phénomène géopsychique.

Le 10 octobre, le pays de Boischaut-Sud

Donc, la plaine. Les haies disparaissaient. Les champs n'étaient plus clos. Le labyrinthe s'ouvrait sur le cœur de France. Les villages se groupaient et je marchais par de longues allées boisées ou sur les rebords des champs. Des chansons me venaient aux lèvres. Elles avaient mis des mois à se frayer passage dans ma gorge nouée.

Le travail paysan dans l'openfield imposait l'effort collectif. Dans les pays de bocages, les familles se suffisaient à elles-mêmes. Un sociologue passé maître dans l'enfilage de théories à rebrousse-poil en avait conclu que les systèmes agricoles déterminaient les choix politiques. Il prétendait que le bocage élargissait l'esprit. Les paysans enfermés toute la journée entre leurs haies étaient disposés à accueillir l'étranger pour rompre la solitude. Les villageois des champs ouverts, eux, avaient tout à perdre des afflux étrangers. Ceux-ci rêvaient de remparts puisqu'ils n'en avaient point. Ceux-là possédaient une citadelle, ils pouvaient se permettre de placer la part du pauvre à table et d'attendre sa visite. En somme, on souffrait davantage de la mondialisation dans une plaine que derrière les murets.

Les tractoristes s'activaient aux semailles. Il fallait à ces types une sacrée vie intérieure pour passer des heures à effectuer des allers et retours dans leur parcelle. Il n'y avait que Schubert – ou était-ce Beethoven ? – pour croire que les laboureurs étaient gais. Ils étaient profonds, peut-être, mais peigner des kilomètres de sillons, moteur à fond, ne pouvait pas faire de vous un joyeux luron. Ils allaient, en tout cas, suivis de leur nuage d'oiseaux venus à la moisson des lombrics.

— On dirait les fous de Bassan dans le sillage des chalutiers, dit Daphné.

Ma sœur m'avait rejoint la veille à La Châtre. Je lui avais promis un train tranquille. Les soirs seraient doux, avais-je dit, l'étape courte et la nuit confortable. Elle pourrait rentrer à Paris dès le lendemain.

— Je n'ai jamais dormi dehors, m'avait-elle rappelé quand nous nous étions retrouvés.

— On cherchera une clairière agréable, on fera un dîner sur un feu de bois et tu seras mieux que dans le palais des Doges.

Au soir venu, peu avant de gagner la butte du château de Lys, nous demandâmes notre route à une vieille dame et la conversation glissa sur l'ancien lavoir du village.

— J'allais autrefois battre le linge avec les autres femmes mais il y a les machines à présent. Je retourne presque tous les jours au lavoir pour voir mes souvenirs couler.

Avant la tombée du jour, je trouvai la forêt du château. Les arbres offraient un bon refuge, le sol était plat et je montai la tente de Daphné. Le pain grillait sur le feu, l'air était paisible, tout s'annonçait parfait. Ils attaquèrent à ce moment-là. J'avais passé sans encombre des milliers de nuits dehors sous toutes les latitudes, et la seule que je destinais à ma petite sœur se prit à ressembler à la visite du train fantôme. J'avais fait le feu à l'aplomb d'un nid de frelons. Ils vrombissaient dans le noir, se prenaient dans les cheveux, tournaient une ou deux fois autour de la flamme et venaient griller dans les braises comme les avions « Zéro » des kamikazes japonais s'écrasaient sur les bateaux de l'US Navy dans le Pacifique. Il suffisait de ne pas bouger mais Daphné préféra courir vers la tente en hurlant. Elle se réfugia dans son sac de couchage où une araignée l'attendait. Des frelons se glissèrent dans le double toit de la tente et les choses devinrent alors extraordinairement incontrôlables. Une heure plus tard, je crus nécessaire de signaler à ma sœur que les cris dont l'écho résonnait dans les bois n'étaient pas ceux d'une petite fille en robe blanche à demi folle mais les appels d'une chouette effraie.

Le 11 octobre, l'Indre

Les heures passèrent dans les forêts de la zone centrale. Suivre les chemins noirs consistait ici à relier les îlots de la vieille selve gauloise dont il subsistait des récifs heureux. Sous les nefs neigeaient les larmes jaunes. L'air sentait la mousse et le mystère humide. Je croisais des cavaliers, des cervidés, et des chasseurs qu'une science acquise en vue de l'obtention du permis de chasse avait dotés de la capacité à ne pas confondre les premiers et les seconds.

Entre deux bois, je lançais mes cris d'amour aux vaches et obtenais parfois un long *meuh* en réponse.

À Sainte-Sévère je lus la presse dans un soleil huileux. Les nouvelles du monde n'étaient pas pires que d'habitude. Après tout, quand Attila avait débarqué avec les Huns sur les rives de Loire, la situation n'avait pas dû être plus enviable qu'aujourd'hui.

À Ardentes, l'Indre coulait lentement, puissante, tachetée de feuilles d'or. L'automne commençait à couvrir les rivières de motifs léopards. La contemplation du courant me traversait de souvenirs paisibles. Les rivières ont-elles la nostalgie de leur source ?

Je trouvai un bar en sortant du village où je demandai mon bouillon.

— Vous allez où ? dit la patronne.

— À Châteauroux, à pied.

— C'est loin, ne prenez pas de viandox, cela endort.

— Quoi alors ?

— Une bière.

— Pas le droit, dis-je. La médecine.

Et je pensai que j'aurais bien aimé me jeter quelques verres de vin blanc pour sentir grandir en moi un vide amical. Je me serais appuyé au zinc et j'aurais regardé mes pensées prendre corps et devenir des petits personnages de carnaval. J'aurais conversé avec mes voisins de comptoir, ils seraient devenus mes frères de sang puisque notre sang aurait été irrigué des mêmes composants. L'eau minérale et le viandox me privaient de cette fraternité. L'un des buveurs voulut bien me donner un conseil malgré tout :

— Buvez quand même ! Et prenez l'autobus !

Le 12 octobre, dans la Champagne de Châteauroux

J'avais dormi dans un hôtel à Châteauroux. Un hôtel à Châteauroux ! Cette phrase me rappelait vaguement la didascalie d'un vaudeville et la simple évocation de cet épisode me ferait désormais penser que j'étais devenu un bourgeois de Labiche.

À l'aube, mon ami Thomas Goisque arriva à la gare, chargé de son sac, et nous quittâmes la ville sur-le-champ, par les bords de l'Indre et une enfilade de quartiers vides.

Goisque venait de perdre son père. Il allait marcher quelques jours avec moi pour fouler aux pieds le chagrin et renouer avec les cavalcades que nous menions depuis dix ans.

— Mon vieux ! Les temps ont changé, dis-je.

— Pourquoi cela ?

— Dix ans, tous les deux, entre Kaboul et Katmandou, pour finir à Châteauroux : quel désastre !

Photographe, il avait voyagé dans soixante pays pour ses reportages de presse, avec un goût marqué pour l'Asie du Sud-Est. Nous nous étions souvent retrouvés dans le désert de Gobi, sur le plateau du Tibet ou au bord du Baïkal. L'Indre ? C'était la première fois.

Le premier jour nous abattîmes quarante kilomètres pour bivouaquer le soir, non loin de Châteauroux. Nous revenions sur nos pas mais nos pas avaient été beaux et il fallait bien zigzaguer si l'on voulait marcher dans l'ombre.

Sous les peupliers, nous évoquions les morts : son père, ma mère. Nous n'avions pas les mêmes recours pour les consolations. Il avait Dieu, je me contentais du monde.

Qu'est-ce qui était le plus secourable ? Croire à l'éternité du paradis ou chercher l'ombre des morts dans les plis de la nature ? De cela, nous parlâmes beaucoup, mais le fossé était infranchissable. Moi, je me plaisais à imaginer que le souvenir de ma mère se manifestait parfois dans les reflets d'un étang. Lui savait son père en paix dans des parages qu'il gagnerait un jour. Nous n'allions pas commencer à tenter de nous convaincre.

Nous traversâmes des plaines caillouteuses. Les pentes inclinaient leurs biseaux vers le ciel, offrant à la lumière de beaux à-plats fertiles. L'air sentait la champignonnière, le paysage avait des airs de Champagne.

Pendant quatre jours nous cheminâmes le long de l'Indre. La rivière déroulait sa soie à travers les haies de peupliers ou les remparts de saules. Nous captions sa présence. Elle éclatait dans la lumière, se rétractait dans l'ombre, revenait, s'enfuyait encore. Nous cherchions les beaux bivouacs sur les îles, dans les sous-bois. J'avais presque la crainte de déranger les fées tutélaires. Nous mettions la table sur les souches dans l'écorce desquelles dormaient des salamandres bleues à la peau de velours. Nous dissimulions nos feux pour ne pas ajouter leur crainte du romanichel aux malheurs des paysans. Goisque taillait des piques dans des branches de sureau pour embrocher ses saucisses et nous comprenions pourquoi les Russes aiment tant faire griller de la viande dans la forêt : le bivouac est une échappée. On s'y soûle sans entraves et aucune oreille n'entend vos conversations. Charcuterie et liberté ! Le bivouac est un luxe qui rend difficilement supportables, plus tard, les nuits dans les palaces.

Le jour, nous étions en quête de petits commerces dans des villages endormis. Trouver un café équivalait à chercher l'oasis au sud de Ouarzazate. Clion-sur-Indre, Villedieu avaient été frappés d'un sort funeste. Le destin les avait affligés d'une nationale. C'était une saignée dans le gras de la campagne. Une noria de trente-trois-tonnes traversait des glacis vides. À Villedieu, sur le tympan de l'église du XIXe siècle s'étalait en lettres noires : « République française ».

— Saloperie de père Combes, dit Goisque.

À Clion-sur-Indre, cette banderole, sur la mairie : « Ruraux : sous-citoyens de la République. »

— C'est un slogan contre les projets de fusion des collectivités. Les commerces : voilà ce qui va fondre dans la fusion ! dit Goisque.

Le pays était comme les agonisants : pas content de changer d'air. Le temps battait ses cartes, l'Histoire avançait et les vieilles structures s'effritaient. Dans les campagnes comme au sommet de l'État, l'institué vacillait. Nul n'avait prévu la suite. Les entre-deux ne sont pas agréables et personne ne semblait rassuré à l'idée de vivre dans une nouvelle de Philip K. Dick. Restait la forêt pour les soirées charmantes. Restaient les chemins noirs pour s'amuser un peu.

La voie ferrée de Loches à Châteauroux, désaffectée en 1970, sinuait d'une rive à l'autre. Nous en suivions les tracés pendant quelques kilomètres, époussetant les passereaux dans les buissons, passant des ponts métalliques jetés sur l'Indre à l'après-guerre. Nous boitions sur les solives, forcions les fourrés, vers un *septentrion*. Les ronces encombraient les rails, la broussaille est la première à reconquérir les friches. Quand on s'est pénétré de cela, on regarde la ronce d'un autre œil. J'avais une admiration pour les plantes épineuses.

— Je préfère la civilisation du champ cultivé, que veux-tu, me disait Goisque.

Le moment était romanesque : un chemin se perdait et nous nous y sentions bien car il n'offrait aucun espoir. Seulement le jaillissement des songes.

Beaulieu-lès-Loches, Azay-sur-Indre : la rivière déroulait ses caresses. À l'aube, les corbeaux nous réveillaient (anonymement, bien sûr) et nous repartions dans le paysage. Il procurait l'impression d'une douceur, d'un grand secret sage, d'une indolence lointaine, c'était un pays pour oiseaux timides. Les cours d'eau eux-mêmes frôlaient les rives avec des grâces aimantes. Seules les musaraignes avaient des hardiesses quand elles grimpaient sur nos sacs, affolées par les odeurs de boulangerie. La conversation nous ramenait à notre marotte : les chemins noirs. Goisque savait qu'ils se déployaient parfois hors des cartes de géographie et foraient leurs galeries en nous. Il était difficile de faire de soi-même un monastère mais une fois soulevée la trappe de la crypte intérieure, le séjour était fort vivable. Je me passionnais pour toutes les expériences humaines du repli. Les hommes qui se jetaient dans le monde avec l'intention de le changer me subjuguaient, certes, mais quelque chose me retenait : ils finissaient toujours par manifester une satisfaction d'eux-mêmes. Ils faisaient des discours, ils bâtissaient des théories, ils entraînaient les foules : ils choisissaient les chemins de lumière. Quitte à considérer la vie comme un escalier, je préférais les gardiens de phare qui raclaient les marches à pas lents pour regagner leurs tourelles aux danseuses de revue qui les descendaient dans des explosions de plumes afin de moissonner les acclamations.

Il y avait eu des milliers de manières de fuir le monde. Un homme du paléolithique avait dû initier le mouvement. Je l'imaginais se lever, quitter le halo du feu et disparaître à jamais dans la savane, menacé et libre. Plus tard, l'Histoire avait multiplié les expérimentations. Port Royal était la façon la plus noble et la plus accomplie de prendre congé. Le monastère cistercien, la plus aisée : tout était déjà en place et les repas servis à heures fixes. Le cabinet d'étude, la plus modeste : il suffisait d'aimer l'érudition et d'avoir un bureau. L'atelier d'artiste, la plus civilisée : on se retirait et on laissait une œuvre à la postérité. Le refuge de montagne, la plus hédoniste : en cas d'ennui, on s'envoyait une face nord pour la beauté du geste. La grotte d'ermite – époque bouffeur de lézards du IVe siècle –, la plus doloriste. La bergerie dans les alpages, la plus romantique. La cabane dans les bois, la plus juvénile. Le fortin colonial, aux avant-postes de l'Empire, la plus classe. La Commune rejouée dans un corps de ferme, la plus risquée, car l'État n'aimait pas les îlots de contestation potentielle. L'écrivain Élisabeth Barillé venait d'exposer une nouvelle méthode : elle affirmait que sa semi-surdité l'avait « condamnée à l'aventure de la profondeur ». Restait aux êtres terrassés par la laideur du monde à se crever les yeux.

Tous ces reclus avaient emprunté leur chemin noir vers les domaines intérieurs de la solitude. Ils refusaient l'accumulation des objets, s'opposaient à la projection du monde sur un écran. Les anarchistes de Tarnac, les starets de la vieille Russie et les méharistes de l'AOF n'auraient peut-être pas accepté de s'adresser la parole. Pourtant, ils se ressemblaient : peupler le désert ne leur déplaisait pas, ils demeuraient maigres et chacun savait que l'ennemi surgissait souvent du vide.

Goisque me quitta au sud de Tours, sur les bords de l'Indre, et je poursuivis la remontée vers le nord, sous un ciel tiède. L'air sentait le cierge éteint et la robe des chats gris : une odeur d'automne. Une lumière de pastel meringuait les labours. J'allais plus élastiquement qu'au début de mon voyage. La marche distillait ses bons effets. Elle me léguait ce trésor dont j'avais tant besoin et que j'avais été si peu disposé à conserver : le rythme. Parfois, à grandes goulées, j'aspirais l'air au-dessus des champs. Pouvait-on s'enivrer du parfum des prairies lavées par la nuit comme on s'enivre de bon vin sec ? Il y avait quelque chose d'excitant dans ces bouffées d'herbes coupées, le signe que la terre respirait et que j'avais encore pouvoir de la fouler. Dans une maison d'hôtes d'Azay-sur-Indre, je tombai sur une histoire du bagne de Cayenne. J'y découvris l'antienne des condamnés : « Le passé m'a trahi, le présent me tourmente, l'avenir m'épouvante. » La marche dans les bois balayait ces effrois. J'aurais pu recomposer la ritournelle : « Le passé m'oblige, le présent me guérit, je me fous de l'avenir. »

5

VERS LA MER

Le 17 octobre, en Champeigne

Passé Truyes, je reliai entre elles les parcelles forestières, traquant les vestiges de chemins noirs. C'est un destin de bête que de naviguer de bosquets en taillis. Avant la hache de pierre des sociétés défricheuses, nos ancêtres avaient connu des déplacements dangereux, de grottes en abris, sauts de puces au milieu des océans forestiers où vaquaient les hyènes. Puis l'homme avait soumis le monde et l'équation s'était inversée : désormais, la forêt était en miettes et c'était au tour des animaux de chercher ce qu'il restait de caches dans un espace ouvert. Un archipel en négatif s'était dessiné.

C'était un pays plat, plus familier, plus doux, moins cabré que les sculptures de calcaire de la Vésubie, avec des sentiers sablonneux, et des reliefs comme de grandes caresses de la paume. J'y trouvais des villages dont j'étais le familier, endormis et ramassés autour de leurs souvenirs. Il n'y avait pas ce coup de poing du soleil sur les choses ni cet air colérique de la nature provençale. Je savais que j'arriverais au bord de la mer.

Le cheminement était complexe dans les chasses gardées.

L'IGN ne signalait pas tous les chemins privés. Clôtures et panneaux me refoulaient : « propriété privée ». Je suivais d'autres nefs traversées de chevreuils mais le chemin soudain butait sur des barrières où s'affichait cette précision : « accès strictement interdit, dernier avis ». Foutre du diable ! Cela ne plaisantait pas dans la Touraine depuis que Jeanne d'Arc avait secoué le pays.

Quand je passai devant une parcelle grillagée où les écriteaux annonçaient un « verger sous vidéosurveillance », je compris que j'étais entré dans l'orbite de la ville. Tours approchait. Des villes comme des planètes : leur gravitation attire les météores mais à trop s'en approcher on entre dans les zones de turbulences. J'avais décidé de contourner Tours par l'est. Il me suffirait de passer la Loire à la hauteur de Vouvray et de gagner Monnaie.

Le plateau entre l'Indre et le Cher se mouchetait de lotissements, de hangars, de ronds-points. Voilà deux mois que je baguenaudais entre ce mobilier, tâchant de le masquer à ma vue. Cette fois je n'y parvenais plus. Les chemins noirs au moins avaient cette vertu : ils sinuaient entre les verrues des plans d'occupation des sols. Il fallait que les hommes fussent drôles pour s'imaginer qu'un paysage eût besoin qu'on l'aménageât. D'autres parlaient d'augmenter la réalité. Un jour peut-être s'occuperaient-ils d'éclairer le soleil ?

Le 18 octobre, par-dessus la Loire

L'approche du Cher fut un gymkhana. D'est en ouest, le long de la rivière, fusaient les lignes ferroviaires et les nationales, axones de la civilisation du flux. La grande affaire de l'époque : se déplacer *vite et beaucoup*. Moi, j'allais à pied du sud au nord, perpendiculairement aux lignes de transit. Il y allait avoir beaucoup de ponts à passer dans les prochaines heures! Une guirlande de montgolfières était accrochée dans le ciel au nord-ouest, au-dessus de la Loire. J'imaginais des Américains flottant dans la félicité, buvant du chinon dans de très grands verres à pied en se félicitant que la région n'ait pas encore été bombardée.

Combien de temps restai-je sur le pont de Montlouis hypnotisé par les remous de la Loire? Ils écumaient entre les piles de pierre. Le courant invitait aux aventures. « Et ce fleuve de sable et ce fleuve de gloire », comme disait Péguy, appelait à sauter (cela, il ne le disait pas). L'eau, venue du massif auvergnat, se diluerait dans l'Atlantique. Je passai le pont en longeant les rails du chemin de fer.

Sur la rive droite, le plateau de Vouvray portait les vignes et j'allais retrouver là un paysage amical. En Provence le vin était le sang de la roche frappée de soleil ; ici, une lymphe de sable fécondé par les brumes. Les flancs du plateau tombaient en courtes falaises percées de caves. C'était une alchimie qui me ravissait : celle de la vigne et du vide. Le vin m'était interdit mais je pouvais encore m'enivrer du vide.

La forêt étendue au sud de Monnaie allait accueillir mon bivouac. Il me fallait d'abord passer l'autoroute sur un pont et je rêvassai longuement, accoudé aux rambardes, l'œil fixé sur l'écoulement des véhicules. Un jour peut-être, lorsque la dernière goutte d'hydrocarbure serait épuisée, le ballet finirait, *subito*. Il faudrait alors être là, aux loges d'un pont d'autoroute : le flot ralentirait, cesserait, les portes s'ouvriraient, les automobilistes sortiraient de leur voiture, se salueraient, l'air éberlué, et continueraient à pied.

Je fus dans le bois avec les dernières lueurs. Je fis le feu, montai la petite tente que m'avait laissée Goisque et dînai sous le couvert des chênes : j'avais à disposition tous les éléments pour les nuits protectrices. Le soir faisait frémir la forêt. Le râle de l'autoroute parvenait jusqu'à la clairière. La bête se savait menacée. Le mouvement perpétuel à deux euros le litre ne pouvait pas durer éternellement.

Le 19 octobre, par la Gâtine tourangelle

La nuit avait été bruyante. On circulait dans les forêts tourangelles ! Des bêtes avaient fourragé les baliveaux. Les feuilles tombaient, la forêt craquait, les arbres pelaient. Ce fut ma première aube de gelée blanche. Les feuilles du sous-bois crissèrent jusqu'à Monnaie.

Suivirent cinq jours dans la plaine, à me brûler les yeux sur le 25 000ᵉ. Passer les voies ferrées, longer les lisières, couper les lignes à haute tension, saluer les tracteurs : traquer les sentiers noirs, mon beau souci et mon grand jeu. Le soir, des petits hôtels animés dans le centre des bourgs me changeaient du bivouac. Ce furent mes nuits d'Aubigné-Racan, Mayet, Malicorne et Chevillé.

Parfois, des êtres humains. Ils étaient rares et aimables. Il y en avait à la promenade, aux lisières, tirés par des chiens. Au moulin de Fresnay je croisai un braque qui donnait à son maître l'occasion de marcher. L'homme était fils des lieux :

— J'ai connu le moulin en fonction : mon père apportait le blé et on payait le meunier en farine.

— Et aujourd'hui ?

Il eut un hoquet ironique, comme si j'avais pu croire un instant que la roue tournait encore. Dans la forêt cuivrée, au-delà de Mayet, se dressaient des menhirs. Des allées siliceuses glissaient entre les pins vers le nord-ouest. À Saint-Martin, le troquet appartenait à une magnifique araignée humaine, vêtue de dentelles noires, plâtrée de maquillage. On demandait son jus en espérant qu'elle vous jette un sort. Deux frères à têtes rondes s'imbibaient, se soutenant l'un l'autre dans un tendre geste. Au mur, des bêtes empaillées : une chouette, une corneille, un lérot. La duègne me laissa dormir la tête sur la table, puis vint me réveiller pour y passer un coup de torchon afin que je dorme mieux.

Le 22 octobre, dans la Champagne mancelle

Les jours se répétaient, le paysage changeait imperceptiblement. Seule la politique du territoire y avait imposé ses variations. Il y aurait eu un tableau des cercles concentriques à brosser après une marche pareille. Dans les bourgs du guide Michelin, le centre-ville était charmant, l'église restaurée et une librairie s'inaugurait parfois devant le salon de thé. Woody Allen aurait pu tourner son film habituel. Ses acteurs auraient trouvé que *la province est une fête* et que le débarquement avait valu la peine.

Venait le deuxième cercle : le quartier pavillonnaire. Un monsieur y tondait sa pelouse en pyjama. Il avait fini de laver sa voiture. Une affiche signalait la disparition d'une vieille dame affligée d'Alzheimer.

Le troisième cercle apparaissait, commercial. Le parking était plein, le supermarché jamais fermé, les promotions permanentes sur le jarret. Plus loin, un rond-point distribuait les points cardinaux et l'on gagnait les champs, les hangars à machines et des bois où les sangliers attendaient l'ouverture de la chasse. Tout cela prouvait une chose : avec des efforts, même le Français réussit à ordonner le monde.

La seule défaite de ces journées résidait dans le fait de s'approcher des élevages de volaille. C'étaient des hangars concentrationnaires suant la souffrance. Les poulets y attendaient la mort, sans bouger, sans voir jamais le ciel. De belles voitures étaient garées devant ces usines de matériau vivant. Il fallait bien que la concentration profitât à quelqu'un. Mon nez ne percevait plus l'odeur qui émanait des lieux, mais j'en savais le parfum acide. Souvent, si je commettais l'outrance d'approcher de trop près les installations, pour couper par les champs et gagner un ou deux kilomètres, les gardiens de zone me refoulaient sans amabilité. Peut-être détectaient-ils chez moi le Parisien prompt à critiquer le paysan avant de s'enfiler son poulet grillé.

Dans la même journée je passai par-dessus la Sarthe (noire, sensuelle, couverte de poudre couleur pyrite), l'autoroute (l'« Océane », disaient-ils) et une voie de train à grande vitesse en construction dont je comprenais l'utilité : il fallait rajouter une ligne au réseau pour se précipiter vers des lieux qu'on serait pressé à nouveau de quitter.

Le 24 octobre, par le pays de Laval

J'approchais de la ville et entrant dans Entrammes, je demandai un viandox à la patronne d'un café.

— Qu'est-ce que c'est ? dit-elle.

— Un bouillon, dis-je.

— Jamais entendu. Où trouvez-vous cela ?

— Partout. À Brûlon, il m'en ont servi un hier.

— C'est dans la Sarthe ça ! dit-elle. Cela ne m'étonne pas d'eux.

La Mayenne m'offrit sa tendre allée, deux jours durant. Le chemin de halage était aménagé par la *direction du cadre de vie*. Fallait-il être vertueux pour occuper pareilles fonctions ! Les berges perdaient un peu en romantisme ce qu'elles gagnaient en propreté. Il ne se serait pas agi de faire l'amour dans les hautes herbes mais on pouvait rejoindre Laval sans quitter le bord de l'eau. Laval où je restai un jour allongé sous mes rêves avant de reprendre le chemin des berges. La rivière était lente, et sous ses reflets d'obsidiennes on imaginait des brochets carnassiers mener de terribles chasses. Une joggeuse opéra un demi-tour paniqué au moment où elle me vit. Je n'osais pas regarder mon reflet dans la rivière.

À Andouillé, je m'intéressai à une innovation, installée au pied de l'église : une « machine à distribuer le pain » remplaçait la boulangerie. On mettait un euro dans la fente, on avait sa baguette. La machine avait été vandalisée. Moralité à la française : quand il manque de pain, le peuple se révolte ; quand il manque de boulangères, il casse les machines.

À Chailland, la lune rousse était montée dans le ciel encore rose et, assis sur le parapet du pont de l'Ernée, pour fumer, je l'avais montrée sans aucun succès aux passants. Je désespérais un peu de rencontrer encore une âme disposée à une conversation quand, au soir d'une marche de près de quarante kilomètres, j'arrivai à La Dorée. Un vieux monsieur que je pris pour un fermier goûtait l'air du soir contre une grange de bois. Il me proposa de passer la nuit chez lui, dans sa maison bordant un pré humide. Sa femme prépara des crêpes ; une motte de beurre y passa « comme chez tous les Normands », dit-elle. C'était un dîner de Haute Mayenne avec de douces gens qui alimentaient la conversation de souvenirs.

— J'étais charpentier, je me suis blessé à quarante ans. On me donnait pour invalide mais dix ans plus tard, le pied raide, je suis parti marcher sur les sentiers de randonnée.

— On l'appelait "le vagabond", dit sa vieille épouse.

— J'ai traversé la France pendant trente ans : les Alpes, les Pyrénées, le Massif central. Tout y est passé. En boitant !

— Tous les ans, il faisait un voyage. Je le suivais en camion.

— Un jour j'écrirai mes souvenirs. Mais j'ai le temps ! Mon père est mort à cent ans, je n'en ai que quatre-vingts.

Ils me racontèrent les batailles qui déchirèrent la Normandie après le débarquement, les contre-offensives de Mortain, de Falaise, dont ils se souvenaient, et le bon déroulement de leur vie paisible et réglée. Celle que je n'arrivais pas à organiser car les jours filaient sans que je parvienne à triompher de la panique. Ils me préparèrent une chambre. Et je jetai quelques notes sur mon carnet d'où il ressortait que j'avais presque autant marché que mon vieil hôte mais que cela ne m'avait pas suffi à considérer que j'avais encore du temps devant moi.

Le 28 octobre, le bocage mayennais

Au petit déjeuner, je compris ce qui me plaisait le plus chez mes hôtes quand nous regardâmes le journal télévisé débiter son hachis. Premièrement, ils ne commentèrent rien. Enfin, ils évoquèrent la région et entrecoupèrent toutes leurs phrases de « nous nous plaisons ici ». Bref, ils appartenaient à un peuple rare : les gens qui se taisent et s'enracinent.

Dans les collines de la Haute Mayenne s'aventuraient les premiers ambassadeurs de la Manche, les mouettes et les hortensias. On enveloppait le poisson dans *Ouest-France* et il y avait des ardoises sur les toits : la mer s'annonçait. Dans les arrière-plans brumeux d'un vallon se dessinèrent les ruines d'une abbaye. Je traversais les bois, m'appuyais sur les coteaux. Je m'allongeais souvent pour observer les nuages. Le plus pieux métier du monde.

À Saint-Hilaire-du-Harcouët s'ouvrait l'ancienne ligne ferroviaire de Ducey à Mortain, les rails n'étaient plus en place mais la coulée existait toujours, fusant plein ouest sous un boyau de feuillages. Un châtaignier rouge feu, en avance sur ses frères vert-de-gris, donnait le signal de l'automne. Les anciennes gares de brique étaient encore debout. Il s'était joué là les terribles épisodes de la bataille de Normandie. Ce que nous prenions soixante ans plus tard pour l'avancée évidente des Alliés sous les vivats du peuple libéré avait été plus âpre que prévu. « Le bourbier du bocage », selon l'expression de

Beevor, lu ce matin dans la maison de la presse, avait ralenti l'avance anglo-américaine. La paix était revenue. Et avec elle, le pouvoir des forêts s'était rétabli et la douceur de la nef verte protégeait à présent le marcheur sous un froissement de feuillages qui électrisait la nuque.

Le 29 octobre, la baie

La coulée amenait au pont de Pontaubault, qui avait permis le passage de Patton et de ses troupes débarquées. Il avait initié la perfusion de la liberté par l'ombilic de la géographie. La Sélune, sous les arches du pont, rechignait à mourir dans les vases de la lagune. Un chemin longeait l'estuaire par les prés salés, vers Avranches. C'était pour moi la dernière manche, la remontée du Cotentin, jusqu'au cap de la Hague, où le territoire s'effondrerait dans la mer. J'avais choisi de longer la côte occidentale pour que mon oreille gauche jouisse de la musique du ressac. Sur l'autre façade, celle du débarquement, j'aurais été privé de la respiration de la marée. Être sourd d'une oreille n'est pas grave si l'on sait prévoir l'endroit où se tenir. À table, à l'orchestre, sur les péninsules, la vie est question de positionnement.

Je marchais à foulées calmes. Deux mois de cet exercice avaient lancé en moi une mécanique de clepsydre que rien n'arrêterait. Le matin, j'éprouvais encore de vives douleurs dans le dos. Trois ou quatre kilomètres en venaient à bout : un rouage actionné longtemps s'huile de lui-même. La marche avait aussi ses effets d'alambic moral, dissolvant les scories. Tout corps après sa chute – pour peu qu'il s'en relève

– devrait entreprendre une randonnée forcée. L'effort, depuis le Mercantour, faisait son office de rabot, ponçait mes échardes intérieures. Je demeurai ce soir-là assis sur un banc de pierre contre le mur d'une maison, devant les prés salés. En face, la ligne de côte de Cancale. Au nord, la brume gazeuse de la mer et du ciel. Au sud, une lumière de tableau italien. C'était le moment de faire mes dévotions à la marche, à ma mue, à ma chance.

Sur les chemins de Provence, j'avais peiné à poursuivre mon ombre. Dans le Massif central j'avais senti flotter des pensées inamicales. Ici, dans un monde lavé d'iode où croisaient des oiseaux en tenue de gala, il me semblait glisser paisiblement. Partout, les chemins noirs m'avaient gratifié de leur double vertu : effacement du corps, liberté d'action.

Un nouveau dérèglement physique m'affligeait depuis trois jours : l'insomnie intégrale. Les nuits coulaient, goudronneuses, et leur refus injuste m'enrageait. L'œil ouvert, gisant, j'attendais la levée d'écrou de l'aube. Je me levais alors, hagard, m'habillais, titubais vers la prochaine halte, pensant aux déambulations nocturnes de Cioran dans le Bucarest de son adolescence qu'il arpentait à pas de mort-vivant avant qu'il ne comprît la nécessité de devenir fou plutôt que d'essayer de dormir. Une nuit, rentrant chez lui, il avait trouvé sa mère sanglotant sur un tabouret de la cuisine. Elle l'avait attendu pendant des heures. Elle l'avait regardé et avait murmuré : « J'aurais dû avorter. » L'insomnie était cette répétition générale de la mort sans la bénédiction de l'accomplissement. Ma mère s'était souvent plainte de ce néant sans repos. Moi, j'avais la jouvence des journées de plein vent, l'amitié des herbes, la silhouette des arbres, les saisons, les clochers. Cela valait mieux qu'une mère neurasthénique des Carpates !

La Sée marqua un angle, le Mont-Saint-Michel jaillit au-dessus des herbes. Le stupa magique était là. Et des nuées de passereaux explosant dans l'air salé jetaient leurs confettis pour le mariage de la pagode avec la lagune. C'était le mont des quatre éléments. À l'eau, à l'air et à la terre s'ajoutait le feu de ceux qui avaient la foi. Ces types du XIIᵉ siècle n'avaient tout de même pas manqué d'audace d'avoir osé planter leur autel dans une fondrière, devant un système de purge d'eau, de remodelage des vases, de circulation des courants, de migrations d'oiseaux et de bruissements de roseaux ! C'était l'éternel qui voisinait avec l'éphémère. Mais il fallait comprendre que l'éternel résidait dans les échanges gazeux de la boue, les évacuations lagunaires et l'éclosion des larves. L'éphémère était la tentative de l'homme d'enraciner ses fables sur des rochers.

Une illusion d'optique faisait imaginer que les roseaux inversaient les principes de la physique : leurs plumeaux semblaient soutenir la masse. Des faucons chassaient dans les herbes iodées. Le ciel déployait un lavis couleur perle, derrière le roc. Ah, si Péguy avait été de l'Avranchin au lieu que de la Beauce !

Je passai la Sée et allai vers Genêts dans un état de nerfs que je n'avais pas vécu depuis des années. « L'âme me montait à la peau », comme disait Théophile Gautier quand il éprouvait autre chose que la chair de poule. Dix ans plus tôt, j'avais contemplé Lhassa depuis un col d'accès, au nord de la ville. Une autre fois, j'avais relevé les croix d'un cimetière abandonné, dans un village de pêcheurs russes dans les roseaux au bord de la cuvette de l'Aral. En ces deux occasions, le paysage m'avait pris à la gorge. L'épuisement physique consécutif à des marches de forçat augmentait sans doute les tressaillements intérieurs.

L'inconvénient de suivre le littoral entre Avranches et Genêts était d'avoir le Mont-Saint-Michel dans le dos. Il fallait se retourner sans cesse pour se nourrir de sa présence. La marche devenait compliquée, à saluer la haute borne tous les cent pas. À chaque coup d'œil par-dessus l'épaule, l'esprit se rassurait : le monde tournait, les oiseaux pêchaient, le Mont demeurait, flottant, au-dessus de la lagune dont les écheveaux vaporeux brouillaient tout contour. Ces vérifications finissaient par me donner un torticolis.

Les limicoles non plus ne chômaient pas. À travers les trouées de végétation je détaillais leur ballet. Mon admiration pour ces oiseaux. Ils vivaient, affairés dans la vase, se nourrissaient de vers et restaient d'une grâce impeccable, d'une propreté parfaite. Ils se tenaient à distance les uns des autres, se rendaient des privautés, jamais familières. Nous voit-on, nous autres humains, pataugeant dans les fondrières ? Ce serait joli. Je me jurai de rajouter à mes dernières volontés le souhait d'être jeté dans une lagune. Je nourrirais les bêtes – vers, poissons, crustacés et limicoles – et rendrais en protéines ce que j'avais raflé au cours de décennies de vie trop carnassière.

Sur la ligne littorale je fendis des accumulations de limons. Les hauts coefficients des récentes marées avaient fait saliver la mer sur les talus. Il fallait arracher des centaines de mètres à la vase. Et je mis ce soir-là plus longtemps que prévu à atteindre Genêts sans déterminer si c'était l'alluvion qui m'avait ralenti ou l'action de grâce compulsive rendue à la silhouette du Mont.

Cette fois cela n'était plus une affaire de chemins noirs à démêler sur une carte : il suffisait de suivre la ligne littorale et de tenir l'équilibre entre le ressac et le silence. L'aube ouvrait le ciel, tirant une ligne de clarté entre la terre et les nuages. Ici, tout lever de soleil recourait aux efforts de l'écailler écartant les lèvres du coquillage avec son couteau. Avançant vers Granville je regardai mille fois la flèche, ce cadeau pour une fois bénéfique des hommes à l'horizon. Jamais ne me lassa la vision de cette banderille fichée dans l'inconstant. Les dunes s'effondraient, les oiseaux s'énervaient, les houx craquaient leurs flammes éteintes. Des maisons se distribuaient sur les pentes, pleines de secrets de famille. Le chemin sinuait dans les genêts, s'avançait bravement au bord des falaises, regagnait le revers des dunes, en crevait la crête, s'effaçait sur les plages. J'atteignis Granville le soir.

Je passai les journées suivantes à marcher vers le nord. Je trouvais pour la nuit des creux herbus au cœur des dunes. Mon campement recevait la visite de lapins pas sérieux qui s'emmêlaient dans les tendeurs de la tente et ruinaient les rares pépites de sommeil arrachées à l'insomnie. Je me levais dans des matins de brume. La plage offrait sa ligne de fuite. Je me souvenais de l'excitation des chevaux devant le vide ouvert à leur poitrail. Je m'écroulais parfois dans les oyats pour des siestes desquelles je me réveillais en sursaut, obsédé par l'idée de repartir. À ma gauche, le ruban de sable déroulait ses deux cents mètres de largeur. Le franchissement du même espace sur la façade orientale avait, dans la seule journée du 6 juin, coûté la vie à dix mille soldats débarqués. Ils avaient couru vers les dunes, hachés par le feu et l'acier. Soixante-dix ans plus tard, je me promenais aimablement, le long des grèves blanches.

Je respectais les incursions de la mer dans les terres. En contournant la lagune, *havre* en normand, il fallait ajouter une dizaine de kilomètres à l'étape – pour se retrouver en face de la pointe quittée. Je renouais avec ces efforts imposés par les côtes scandinaves au voyageur des fjords. À chaque marée, les chenaux siphonnaient les lagunes dans des gargouillis de vidange. Les bateaux reposaient, la quille plantée, attendant le renversement des flux. La mer laissait quelques éclats de vitrail. Il leur était échu de refléter le ciel. Des pêcheurs à pied raclaient les bâches, équipés de haveneaux, ces épuisettes qui leur permettraient de rapporter des paniers de crevettes ou de coques. Ces gens résisteraient aux crises à venir. Blanchie de sel, l'herbe attendait que l'eau revienne la vivifier. C'étaient des lieux bénis s'accommodant de l'air et de l'eau, du soleil et de l'obscurité. La vie sur Terre était née dans ces cuvettes où barbotaient les bactéries dans l'alternance des éléments.

Sur le bord des havres, des franges de roseaux masquaient l'horizon. C'était une végétation d'embuscades. Barbey d'Aurevilly dans son *Chevalier Des Touches* avait campé les épisodes de la résistance antirévolutionnaire derrière ces rideaux « de buissons et de haies ». Les réfractaires du Cœur Sacré se battaient pour le roi, masqués par les ajoncs.

Barbey usait du verbe « chouanner » pour désigner l'action de ses héros normands. Sous sa plume, le mot signifiait à la fois refuser les nouvelles doctrines et mener sa guérilla en dentelles, circuler d'ombres en ombres, vivre caché en imitant le cri des bêtes, défendre un monde derrière les levées et les talus. Et ces courses où se menait un jeu grave et léger n'étaient-elles pas la parfaite incarnation d'une vie sur les chemins noirs ? Pour réhabiliter ce verbe il suffisait de transposer à son existence personnelle les techniques de la cavale bocagère. J'étais certain qu'il existait encore des mondes fous, des arpents de soleil et des plages libres derrière les mouvements de terrain intérieurs.

Le 3 novembre, sur le rivage

J'évitais les stations balnéaires par de courts crochets sur la plage. Le sable était piqué de millions de tortillons évacués par les vers. Cela donnait aux schorres des airs de rizières indochinoises. Les havres festonnaient la côte à moindre rythme que les villages-vacances de l'après-guerre. Je passai Pirou-Plage, Lindbergh-Plage, Barneville-Plage. Ces installations étaient la projection sur le front de mer des villages historiques sis à quelques kilomètres, en retrait. À la reconstruction, la société des loisirs avait apporté sa touche au remodelage du paysage. Après la rocade routière et le silo à grain, la station balnéaire avait constitué l'un des totems de la France prospère. La société des années 1960, sûre de son avenir, faisait du territoire une aire de jeux. À l'est, le long de l'arc alpin, les stations de ski attiraient les vacanciers pour les sports d'hiver. Six mois plus tard, le balancier oscillait et amenait les estivants au bord de la mer. Naissaient les « bases de loisirs » et les « villages-vacances ». On jouait dans le sable ratissé par les tracteurs après avoir glissé sur la poudreuse crachée par les canons à neige. La *géographie du loisir* avait apporté les derniers coups de bistouri nécessaires à la transformation de la face du pays. Désertés en cette morte saison, les lieux avaient le charme des coulisses de théâtre où les régisseurs remisent les décors. Seuls s'activaient sur la plage les tracteurs des pêcheurs cultivant leurs jardins de coquillages quand la marée baissait. Parfois, un chien traversait une rue. Cet été, la cloche du marchand de glace annoncerait que les hommes étaient revenus demander à la mer de vivifier leurs corps javellisés par des mois passés en ville.

Le 5 novembre

Le chemin reprit ses dispositions fraternelles, serpentant au bord du vide, frôlant l'extrémité du cap de Carteret sur le crêt des falaises. La mer barattait son écume sur les platiers noirs. Les échancrures laissaient deviner des caches : replis de chouans ou alcôves pour vieille maîtresse entraînée par Barbey. Une flore saline, épineuse, s'accrochait au vide, résistait avec une modestie admirable. Une leçon pour alpiniste égaré au bord du monde normand.

Goisque et Humann m'avaient rejoint à Barneville-Carteret et nous avions monté les tentes devant les îles anglo-normandes, sur l'avancée du cap du Rozel, protégés par des murets de pierre eux-mêmes couronnés de genêts. Les parcelles portaient un nom qui convenait aux bivouacs de sentinelles : « le corps de garde ». Les nuages puis la nuit masquèrent les îles. Dès l'aube, Goisque, bardé d'appareils photo, tenta de ne pas laisser le moindre reflet de la Manche échapper à son objectif. Humann, lui, se demandait pourquoi on en faisait tant avec le Cotentin alors qu'il y avait la Crimée. Moi, je trouvais désinvolte d'avoir couru le monde en négligeant le trésor des proximités.

Goisque convenait qu'il y avait le signe d'une désorganisation mentale à se sentir des îles Kouriles quand on venait de Cambrai.

— Moi dictateur, ajouta Humann, je forcerais chaque enfant à traverser la France à pied. Cela prémunirait de l'obésité et chacun connaîtrait le nom des plantes.

— Et les hommes politiques ! dit Goisque. S'ils marchaient quelques semaines, ils seraient élus ! Cela aurait pour eux un effet Lazare.

Je retardais mes compagnons à trop contempler les murets. L'art de la marqueterie bocagère avait atteint ici un haut degré d'accomplissement. La pierre accueillait la mousse. La mousse arrondissait les angles et protégeait des sociétés de bêtes. Oh ! comme il eût été salvateur d'opposer une « théorie politique du bocage » aux convulsions du monde. On se serait inspiré du génie de la haie. Elle séparait sans emmurer, délimitait sans opacifier, protégeait sans repousser. L'air y passait, l'oiseau y nichait, le fruit y poussait. On pouvait la franchir mais elle arrêtait le glissement de terrain. À son ombre fleurissait la vie, dans ses entrelacs prospéraient des mondes, derrière sa dentelle se déployaient les parcelles. La méduse du récent globalisme absorbait les bocages. Ce remembrement du théâtre mondial annonçait des temps nouveaux. Ils seraient peut-être heureux mais n'en donnaient pas l'impression. Qui savait si les nouvelles savanes planétaires allaient produire d'heureux forums ou des champs de bataille ? Ce qui était sûr, c'est que la tempête arrivait sur Flamanville et que nous n'avions pas d'abri. Pas un dolmen! Pas un bunker! Et même pas de troquet avancé sur la falaise.

Clopiner sur les chemins noirs m'avait mené par un pays qui ne paraissait pas très disposé aux changements. C'est l'inconvénient d'accuser le poids des ans : comment la France pouvait-elle s'avancer vaillante dans l'époque mondialisée alors qu'elle se croyait encore un destin antique ? Aucun fossile n'est jamais mûr pour les métamorphoses. Demande-t-on au conservateur de la salle des trésors de s'occuper des affaires internationales ? Depuis les zones tropicales jusqu'à l'Arctique groenlandais émergeaient des nations disposées à devenir chefs de gare planétaires et épiciers globaux. Pour nous, qui nous pensions encore au centre du monde, investis d'un ordre de mission universel, la mondialisation n'était pas une aubaine. En première ligne, la campagne subissait les affres des mutations. Les paysans manifestaient leur désarroi devant un marché qui prenait les dimensions du globe. On les comprenait : quand on a cultivé un terroir pendant deux mille ans, il n'était pas facile de participer à la foire mondiale.

La lumière perça et couvrit de moirures l'anse de Sciotot mais la pluie revint vite, pas intimidée. L'après-midi passa sous un ciel anthracite à voler quelques coups d'œil à l'usine de la Hague. Parfois, nous trouvions refuge dans le café d'un village. En Normandie, toute la question est de se trouver du bon côté de la vitre.

Nous arrivâmes à Diélette par des labyrinthes de murets. La mer avait la couleur du calcaire mouillé. Les maisons opposaient aux rafales des façades prometteuses devant lesquelles on rêvait à des parquets craquants et des meubles cirés. Dans un jardin fleuri du village, des plaisantins avaient planté une stèle portant l'inscription : «Aux irradiés anonymes». Ils faisaient référence au recyclage des déchets nucléaires. Dans l'hôtel, je fus heureux pourtant de lire à la lumière de ma lampe de chevet la fin du *Chevalier Des Touches*.

Le 6 novembre, vers le cap

J'ouvris la carte IGN du cap de la Hague, ma borne finale. Le nez de Jobourg plongeait dans la Manche. La bordure supérieure de la feuille n'était qu'une nappe de bleu, commandant la fin de la marche. Je tentais de mettre quelque chose de solennel dans le dépliement du papier. Après tout, ce geste concluait ma lente entreprise de reconstruction. Une rafale ruina mes efforts.

Le Cotentin était le bras que tendait la France sous le ciel pour s'apercevoir qu'il pleuvait. Les dunes de Biville moutonnaient doucement entre les bocages et la mer. Elles portaient une végétation pastel. Était-ce par respect pour la sobre élégance des ciels que la végétation s'interdisait toute teinte criarde?

Cette nuit-là, nous montâmes un campement trempé, à la pointe du nez de Jobourg. Les lumières de la centrale nucléaire rappelaient qu'il fallait vraiment être idiot pour camper sous la pluie à l'heure de la fission atomique.

J'avais encore attendu la libération du jour. Chaque aube est pour l'insomniaque un 6 juin personnel. Un ciel de plomb à l'est, déchiré par une gloire solaire : voilà ce qui apparaissait dans l'ouverture de la tente. Les rayons décochaient sur l'eau des monnaies d'argent. La fougère veloutait les pentes. La matinée s'annonçait bien. Des chasseurs-cueilleurs, il y a dix mille ans, avaient lutté pour se maintenir en vie sur ces escarpements. Les Normands appelaient « hautes falaises » ces talus qui auraient fait rigoler les Savoyards. Les peuples du renne avaient eu du mérite à se tenir sous les ciels de chasse, à battre la lande devant une mer encore sauvage. Dix mille années plus tard, les installations de l'EPR dressaient leurs antennes au loin. On avait taillé l'os, on modifiait l'atome. Le temps passait. Le ciel restait gris.

La végétation des parapets était vaillante. Genêts et cardères se cramponnaient au-dessus du vide. Les bourrasques malmenaient les buissons sans les faire reculer. Peut-être souffraient-elles d'être déchirées par les épines. Les buissons étaient à la pente ce que les éleveurs avaient été à ces parages : des braves, opiniâtres, aux bords du monde occidental.

Les arêtes sombres découpaient un nouveau fil à chaque rentrant du chemin. Des corvidés stationnaient dans les laminaires puis décrochaient, percutés par un souffle. Dans les mythologies normandes, ils incarnaient les figures de la mémoire. Ici, ils veillaient sur les vieux rochers de granit malmenés par les houles, gardiens des souvenirs, témoins des anciens naufrages. Nous arrivâmes en vue du phare de Goury, un *enfer* occupé jusqu'aux années 1990 par un gardien avant l'automatisation des systèmes électriques.

— Enfer ? dit Humann. Un lieu où l'on vit seul ?

Le 8 novembre, le bord de la carte et la fin du territoire

Nous fûmes en marche vers le nez Bayard dans l'aube fouettée de mouettes. La mer en faisait toujours beaucoup. Sur les versants, des bunkers allemands achevaient de s'effriter dans les prairies. Nous nous assîmes contre un muret. C'était le point le plus septentrional du Cotentin. J'étais arrivé au sémaphore de la Hague.

J'avais rêvé cette balade de France dans un lit, je m'étais levé pour l'accomplir, elle s'achevait. C'était un voyage né d'une chute. Certains chemins avaient été suffisamment labyrinthiques et solitaires pour mon goût. Y flottait encore l'odeur des aubépines et des écorces fraîches. J'avais assorti ma balade de quelques trébuchements. Mon arrivée consistait à m'approcher des parapets pour y solder mes comptes et oublier les infortunes. Désormais, s'ouvraient de nouveaux chemins noirs : ceux que je devais inventer, hors du 25 000e. Des fuites, des replis, des pas de côté, de longues absences lardées de silence et nourries de visions. Une stratégie de la rétractation.

Toute longue marche a ses airs de salut. On se met en route, on avance en cherchant des perspectives dans les ronces, on évite un village. On trouve un abri pour la nuit, on se rembourse en rêves des tristesses du jour. On élit domicile dans la forêt, on s'endort bercé par les chevêches, on repart au matin électrisé par la folie des hautes herbes, on croise des chevaux. On rencontre des paysans muets.

La France rurale se maintenait dans les replis. Ailleurs, elle refluait. Une marée succédait à une autre. L'Histoire avait élaboré un damier laborieux sur ce territoire. Il en subsistait des restes. Les paysans faisaient leurs adieux à un monde dont ils ne connaissaient pas le substitut. Les conversations avec ces hommes n'étaient jamais longues. Ils n'avaient pas que cela à faire.

On repart dans les champs, on voit apparaître le visage de sa mère, inexplicablement, à la bifurcation d'une piste de forêt. On rejoint une jachère, on regagne les bois, on aperçoit de beaux chevets de pierre, on longe les rivières puis les côtes, on marche sur le sable, on entend le ressac et l'on parvient au bord du pays. Alors, on rentre chez soi débarrassé de l'insecte qui vous mordait le cœur, lavé de toute peine, remis debout.

On devrait toujours répondre à l'invitation des cartes, croire à leur promesse, traverser le pays et se tenir quelques minutes au bout du territoire pour clore les mauvais chapitres.

Je passai la dernière nuit sur un rocher herbeux avancé en presqu'île, devant Omonville-la-Rogue. Nous atteignîmes l'endroit dans l'obscurité, sur des rochers glissants. Nous plantâmes les tentes et le fracas des vagues maintint le sommeil à distance. Aujourd'hui, nous avions abattu trente-cinq kilomètres en compliquant l'itinéraire dans les bocages.

« C'est fini », me dis-je. Le destin m'accordait la grâce de marcher à nouveau tout mon soûl et de dormir à la belle étoile, sur les avant-postes vivables : les vires des parois, les sous-bois, le bord des falaises. Le pays était là, sous mon dos.

Personne ne savait très bien ce que lui promettaient les métamorphoses. Les nations ne sont pas des reptiles : elles ignorent de quoi sera faite leur mue. La France changeait d'aspect, la campagne de visage, les villes de forme, et la marée montait autour de notre tente ; demain il s'agirait de ne pas traîner. Une seule chose était acquise, on pouvait encore partir droit devant soi et battre la nature. Il y avait encore des vallons où s'engouffrer le jour sans personne pour indiquer la direction à prendre, et on pouvait couronner ces heures de plein vent par des nuits dans des replis grandioses.

Il fallait les chercher, il existait des interstices.

Il demeurait des chemins noirs.

De quoi se plaindre ?

Œuvres de Sylvain Tesson (suite)

CIEL MON MOUJIK! MANUEL DE SURVIE FRANCO-RUSSE, Chiflet & Cie, 2011. (Points Seuil.)

APHORISMES DANS LES HERBES ET AUTRES PROPOS DE LA NUIT, Éditions des Équateurs, 2011. (Pocket.)

GÉOGRAPHIE DE L'INSTANT, Éditions des Équateurs, 2012. (Pocket.)

D'OMBRE ET DE POUSSIÈRE (*avec les photos de Thomas Goisque*), Albin Michel, 2013.

ANAGRAMMES À LA FOLIE (*avec Jacques Perry-Salkow*), Éditions des Équateurs, 2013. (Pocket.)

BEREZINA, Guérin, 2015 (Folio n° 6105). Prix de la page 112, prix des Hussards et prix de l'Armée de Terre - Erwan Bergot 2015.

Composition : IGS-CP à L'Isle-d'Espagnac (16)
Achevé d'imprimer
par CPI Firmin-Didot
à Mesnil-sur-l'Estrée, en mai 2018
Dépôt légal : mai 2018
Premier dépôt légal : septembre 2016
Numéro d'imprimeur : 147773

ISBN : 978-2-07-014637-6/Imprimé en France

342162